소표

소표

초판 1쇄 인쇄 2015년 2월 04일
초판 1쇄 발행 2015년 2월 11일

지은이 이 광 희
펴낸이 손 형 국
펴낸곳 (주)북랩
편집인 선일영 편집 이소현, 김진주, 이탄석, 김아름
디자인 이현수, 김루리, 윤미리내 제작 박기성, 황동현, 구성우
마케팅 김회란, 박진관, 이희정
출판등록 2004. 12. 1(제2012-000051호)
주소 서울시 금천구 가산디지털 1로 168, 우림라이온스밸리 B동 B113, 114호
홈페이지 www.book.co.kr
전화번호 (02)2026-5777 팩스 (02)2026-5747

ISBN 979-11-5585-482-2 03810(종이책) 979-11-5585-483-9 05810(전자책)

이 도서의 국립중앙도서관 출판예정도서목록(CIP)은 서지정보유통지원시스템 홈페이지(http://seoji.nl.go.kr)와 국가자료공동목록시스템(http://www.nl.go.kr/kolisnet)에서 이용하실 수 있습니다.
(CIP제어번호 : CIP2015003737)

북랩 book Lab

시작하며

인생은 기나긴 여행과 같습니다.

그러나 여행은 자기가 선택해서 갈 수 있지만 인생은 그렇지 못하다는 것이 조금 다른 점이겠지요.

사람들은 인생도 스스로 선택해서 살 수 있다고들 말하지만 그 인생을 자기 자신이 선택한 것 같아도 결코 그렇지 않고 우연히 이루어진 것 같아도 우연이 아님을 알아야 합니다.

여기서 바로 운명運命이라는 말이 나옵니다.

보통 사람들은 이 운명을 알 수가 없습니다. 그렇기 때문에 언제 기뻐할지 슬퍼할지 좌절할지 또는 행복감을 맛볼 수 있을지 전혀 알 수가 없는 것이지요.

어린 시절 저는 '하면 된다'라는 가훈이나 교훈을 보고 정말 열심히 하면 다 되는 줄 알았고 심지어는 역학을 배우기 전까지도 그렇게 믿었습니다.

'하면 된다.' 정말 열심히 하면 자기 생각대로 자기 계획대로 다 되었나요? 혹시 정말 뭔가를 죽도록 열심히 했는데 원하는 바를 이루지 못했을 때는 없습니까?

만약 있다면 그렇게 열심히 했는데 왜 생각한 것처럼 되지 않았을까요? 그것은 바로 그 사람이 그 길道로 갈 운명運命이 아니었기 때문입니다.

물고기는 한평생 죽는 날까지 물에서 살아갈 운명으로 태어납니다. 그런 물고기가 물을 떠나서 살아보려고 죽을힘을 다해 팔딱거려 봐도 결국은 오래 살 수 없습니다.

운명이라는 것은 이와 같은 것이며 사람은 그 운명의 길대로 가게 되어 있습니다.

여러분도 어릴 적 학업을 마치고 적성에 맞는 일을 구하려고 노력해 보았거나 어떤 길로 가야 할지 고민을 한 적이 있을 겁니다. 이것이 바로 본인도 모르는 자신의 운명의 길로 가기 위해 그것을 찾고 있었던 것이고 그대로 간 것입니다. 인간은 이렇게 운명에 이끌려 살아가게 됩니다.

여러분은 본인의 운명이 어떤 것인지 궁금하지 않으십니까?

이제 여러분은 운명이라는 것이 어떤 것인지 조금이나마 알 수 있게 될 것입니다.

다소 어려운 내용을 재미없고 지루하게 설명하는 것이 아닌 소설이라는 장르로 이해하기 쉽게 여러분에게 전달하기 위해 많은 노력을 기울였습니다.

이 책이 여러분의 인생에 여러모로 도움이 되기를 기대하고 운명에 대해 한번 깊이 생각해보는 계기가 되기를 바라며 글을 시작하고자 합니다.

프롤로그

나의 아버지는 충북 청양에서 한우를 키우시고 한때 영농 후계자로 성실 근면하고 머리까지 비상하셔서 청양군에서도 기대를 한몸에 받고 있는 분이었다.

게다가 국내 최초로 소에게 『동의보감』에 나오는 말굽 버섯과 약초 그리고 토종벌꿀을 혼합하여 소에게 먹여 육질이 부드럽고 고기에서 단 맛이 나서 한 마리에 1억 원이 넘는 일본 고베규(일본 고베 지방의 검은 소)를 능가하며 세계 30개국에 수출하여 남부럽지 않는 삶을 살고 계셨다.

그러던 어느 날 아버지에게 생각지도 못한 불행이 닥쳐오는데 그 불행의 씨앗이 어머니였다는 것을 아버지는 미처 알 수 없었을 것이다.

소로 인하여 모든 것을 얻게 된 아버지는 소로 인하여 모든 것을 잃게 되는데 아버지와 소의 인연은 그만큼 아주 각별했다.

차례

아버지의 회고록과
유미 씨의 이야기

아버지의 회고록과 유미 씨의 이야기

나는 태어나서 100일쯤 되었을 무렵 청양에 있는 보은사 입구에 버려진 것을 스님이 데려다 키웠고 산 속에서 대자연을 벗 삼아 지냈다.

7살 정도 됐을 무렵이었다. 그날도 여느 때와 마찬가지로 산속에서 놀다 멋있는 호랑나비를 발견하고 잡으려 달려들지만 쉽사리 잡히지 않았고 고집이 센 나는 호랑나비만을 보고 정신없이 쫓다 그만 낮은 절벽 밑으로 떨어지고 말았다.

마침 한가하게 풀을 뜯고 있는 소의 목 위로 떨어져 놀란 소가 마구 달리자 소뿔을 쥐어 잡고 소에게 "소야, 살려줘! 미안해, 일부러 그런 것이 아니야!" 하고 애원하니 거짓말처럼 멈춰 그때부터 그 소하고 친해졌다.

한번은 스님이 산속 깊이 가지 말라고 했는데도 또 호랑나비를 잡으러 갔다가 승냥이를 만나 죽을 뻔했던 것을 산 밑으로 도망쳐 내려오면서 능선으로 굴러떨어져 우연찮게 또 그 소를 만나 소의 다리 밑으로 들어갔다. 그러자 소가 공격해 오는 승냥이를 뿔로 들이받아 3마리의 승냥이가 도망을 가서 봉변을 면할 수 있었다.

나와 소와의 인연은 그렇게 시작되었던 것이다.

하지만 보은사 주지 스님은 나의 미래를 이미 알고 계셨고 소와 가까이 하지 못하게 했으며 8살이 되는 해부터 유합도柔合道를 가르치고 산속에 들어가는 것을 막으셨다.

하지만 절이 산속에 있는데 막는다고 되는 일도 아니고 그 당시 청양 그 일대는 소를 방목해서 키우는 곳으로 유명한 고장이어서 절 도처에 소가 있었다.

그렇게 나는 주지 스님에게 불가의 도道와 실전무술인 유합도를 배우고 또 한약재로 쓰이는 산속의 많은 약초를 공부하며 성장했다.

18살이 되던 해, 나를 예뻐하시던 주지 스님이 돌아가시자 나는 절을 나왔고 그때부터 세상 경험을 시작하게 되었다.

처음에는 갈 곳이 없어 노숙을 하며 굶기를 밥 먹듯이 하다가 산에 있는 약초를 캐서 그것을 시장에 내다 팔아 어렵게 하루하루를 연명했다.

그렇게 청년이 된 나는 여기저기 정처 없이 2년간을 떠돌다 청도에서 큰 약초시장이 열리는 것을 알고 50년 정도 된 천종삼 두 뿌리를 팔기 위해 청도에 갔다.

예전부터 남다르게 소를 좋아했던 터라 삼을 팔러 갔다가 청도의 소싸움 하는 곳에 가서 소싸움 구경을 하게 되었다. 마침 결승전이 얼마 남지 않아 30분가량 쉬는 시간이었는데 우연찮게 자리에 누워서 크게 되새김질을 하며 고통스러워하는 소를 보게 되었다.

다가가 보니 소가 심한 충격으로 인해 눈에 초점이 흐리고 동공이 확장되어 이대로 두면 안 되겠다고 빨리 집으로 돌아가는 것이 좋겠다고 소 주인에게 이야기했지만 그는 30분 있으면 결승전이고 2년간 이 대회를 준비해 왔는데 이렇게 포기할 수 없다며 안타까워했다.

소 주인은 이번 소싸움은 매년 정기적으로 열리는 대회가 아니고 처음이자 마지막으로 개최된 국무총리배 전국 소싸움이라서 의미가 큰 시합이라 절대 포기할 수 없다며 "이 녀석아 정신 좀 차려봐!" 하고 소에게 발을 걸고 있었다.

자초지종을 들은 나는 가방에서 천종삼을 꺼내 소에게 먹이기 시작했고 그러자 누워 있던 소가 천천히 일어나더니 언제 그랬냐는 듯 꼬리를 좌우로 흔들었다.

소 주인이 소에게 무엇을 먹인 거냐고 물었다.

"풀뿌리 하나 먹였습니다."

"아니 무슨 풀이기에 의식을 잃어가는 소가 일어난다 말이오?"

"천종삼이란 풀입니다."

"천종삼! 아니, 그 비싼 천종삼을…. 젊은이, 이거 너무 큰 빚을 진 것 같은데 연락처라도 좀 줘요. 내가 소싸움이 끝나고 좀 안정이 되면 이 빚은 반드시 갚으리다."

"아닙니다. 어차피 누가 먹어도 먹어야 되는 것인데 이 소가 임자인 게죠. 뭐든지 임자가 다 있는 법 아니겠습니까?"

나는 그러면서 뭔가를 하나 더 꺼내 주인에게 주었다.

"지금은 좀 나아졌으나 시합이 시작되면 적지 않은 충격으로 또 다시 소가 힘들어 할 겁니다. 그때 이것을 잘 으깨서 미지근한 물에 풀어 10분 간격으로 몇 번만 먹이면 회복이 빠를 겁니다."

"그래요? 이건 또 뭡니까?"

"아, 네. 말굽버섯이라는 겁니다. 동의보감에 말굽버섯은 실신한 자가 먹으면 총기가 돌아오고 기력을 회복한다고 나와 있을 정도로 그 효능이 뛰어나죠. 한번 먹여 보세요!"

"아이고, 이거 정말 고맙소! 내 반드시 연락을 드릴 테니 연락처 좀 주소!"

"아닙니다. 괜찮습니다. 보답을 바라고 한 것이 아니니 개의치 마십시오."

"에이, 그래도 그게 아니지. 이렇게 도움을 받았는데 어찌 모른 척 할 수 있겠나! 아니면 이리로 연락을 한번 주소. 내 명함이외다."

나는 명함을 받고 좋은 결과를 바란다며 뒤돌아 발걸음을 옮겼다.

곧이어 국무총리배 전국 소싸움 결승전이 펼쳐졌다. 좀전에 그 소가 천종삼을 먹고 기력이 많이 좋아졌는지 눈에는 투지가 보였고 상대 소도 청도 소싸움 2회 연속 챔피언이라 한 치의 양보도 없이 팽팽한 접전이 벌어지고 있었다.

그러던 중 천종삼을 먹은 소가 상대 소를 왼쪽으로 몰더니 거세게 밀어 붙였고 뿔에 두 번을 연거푸 받힌 상대 소가 뒤로 물러나 등을 보이며 반대쪽으로 달아나 천종삼을 먹은 소의 승리로 시합은 끝이 났다.

나는 기분이 좋아서 "역시 천종삼이 효과가 좋아." 하며 혼잣말로 중얼거리며 경기장을 나왔고 나머지 한 뿌리의 천종삼을 팔기 위해 곧장 시장으로 향했다.

나는 가다가 아주 배가 고파서 국밥집 옆을 그냥 지나치지 못했고 들어가서 국밥의 구수한 냄새를 콧속 깊이 들이마셨다.

"다 먹고 살자고 하는 짓인데, 한 그릇 먹어 보자!"

나는 국밥을 시켜서 순식간에 한 그릇을 싹 비웠다.

그렇게 국밥집을 나오는데 국밥집 앞에서 소싸움에서 우승을 한 소가 탄 트럭을 발견하고 소에게 다가가 말을 걸었다.

"녀석! 잘했다! 삼 값은 했구나! 다음에도 잘해라."

그러자 차에 타고 있던 소 주인이 후방거울로 보고 도움을 준 청년인 것을 알고 서둘러 내렸다.

"아이고, 정말 고마워요!"

"아닙니다. 해야 할 일이라 생각되서 했을 뿐입니다."

그리고는 소싸움을 자주 보러 오냐고 물었다.

"약초시장에 천종삼 팔러 왔다가 우연히 본 겁니다. 소싸움은 처음이에요."

"아니, 그럼 약초시장에 팔려고 가지고 온 천종삼을 우리 대풍이에게 먹였단 말이요?"

"괜찮다니까요, 어렵게 구한 것도 아니고 산에서 자란 산 놈이라 삼을 자주 구합니다. 그리고 아직 한 뿌리 더 있고요."

"그래도 그렇지 그 귀한 것을…. 그럼 그 남은 한 뿌리를 내가 살 테니 우리 집으로 갑시다."

"댁이 어디신데요?"

"집은 청양이오. 그래도 새 도로가 나서 여기서 40분이면 가니까 가서 차도 한잔 하고, 우리 목장도 구경도 좀 하고, 그리고 저녁까지 드시고 가요. 삼 값은 후하게 지불하리다."

그렇게 나는 소싸움 우승 소의 주인아저씨 차에 타고 청양으로 향하게 되었다.

한참을 가다가 거의 도착할 무렵에 길이 너무 막히자 내가 좌측으로 돌아 샛길로 가면 빠르다고 알려줬는데 아저씨는 어떻게 그 샛길을 아냐고 그 길은 마을 사람들 아니면 알기 힘든 길이라며 의아해 했다.

"저도 청양이 고향이나 다름없습니다. 18년이나 청양에 살았거든요."

"아, 그래요! 그런데 안면이 전혀 없는데…. 나는 우리 조부 때부터 3대가 청양에서 살아서 청양에서 나를 모르면 간첩이라오. 그러니 나도 누구 집에 숟가락 몇 개에 있고 뭐가 있는지 다 알 정도지. 게다가 작년까지 내가 영농조합 이사장을 했는데…."

"그러시군요. 그런데 저는 절에서 생활했습니다."

"어쩐지…. 그럼 내가 모를 수도 있지! 지금은 절에 계시지 않은 것 같은데?"

"네. 맞습니다. 2년 전에 절에서 나와 세상 공부를 하고 있습니다."

"그렇군요."

그렇게 대화를 나누다 목장에 도착했고 안으로 들어가 차를 한 잔 하면서 이야기를 나누다 목장을 구경시켜 준다며 밖으로 나가 목장 주변을 돌기 시작했는데 그 규모가 엄청나게 컸다.

"보면 알겠지만 우리 목장이 좀 규모가 커요. 전국에서 두 번째로 큰 규모의 목장이라오. 예전에는 젖소도 키웠었는데 그때는 우리 목장이 대한민국에서 제일 컸지.

불과 2년 전 일이야. 그때 신월스바이러스가 젖소에게 돌아서 전국의 젖소 농장에 어마어마한 타격이 왔었소. 정부에서 바이러스 퇴치 백신이 없다고 젖소를 죄다 땅에 매장하고 특별한 대책은 안 세워주니 하루가 지나면 농장 주들이 자살해서 정말 심각했었지.

그나마 본인 돈으로 목장을 이끌어 가는 사람은 그래도 빚은 없으니 희망은 있지만 정부에서 대출받고 빚 얻어 소 키우는 사람은 나라에서 대책을 세워 주지 않으면 방법이 없었지. 소는 죄다 땅에 묻고 몇 억씩이나 되는 빚은 고스란히 남고 이자를 낼 방법도 없으니 죽을 수밖에.

그렇게 희생자가 끊이지 않고 나오자 그제야 어느 정도의 감면 혜택과 10년 무이자로 구제 방안이 나와서 그나마 일이 마무리된 거라오. 그때 나도 타격이 심했고 그 후로 젖소는 접었지."

"그러셨군요…."

그렇게 목장 주변을 돌면서 이야기를 나누다 우사로 들어가서 소들을 보기도 하고 이런저런 지난 일들을 이야기를 하니 벌써 저녁 먹을 시간이 되었다. 목장 주인아주머니가 저녁을 준비했다며 집안으로 들어가자고 안내했고 우리는 저녁을 먹기 위해 자리를 옮겼다.

"여보, 나 왔소."

"네, 수고 많으셨어요. 그리고 우승 축하해요!"

"다 당신이 내조를 잘 해서 그렇지 뭐! 허허! 아참, 여보 인사해. 오늘 이 분 아니었으면 우리 대풍이 우승 못했어."

"안녕하세요, 감사합니다. 바깥양반에게 이야기 들었어요."

"아닙니다. 별것 아닌데요 뭐."

목장 주인아저씨가 부인에게 "계속 서서 이야기할 거야?" 하자 아주머니가 "아이고 내 정신 좀 봐. 그러게요. 이리로 들어오셔요. 오늘 우리 집 한우로 특별 요리를 했으니 편안하게 마음껏 드세요." 했다.

"감사합니다."

그렇게 나는 목장 주인 부부와 셋이서 식사를 했고 감칠맛 나는 한우를 먹으며 한마디 던졌다.

"이렇게 맛있는 고기는 처음 먹어보는 것 같아요."

"우리 집 소들은 방목을 해서 신선한 풀을 맘껏 먹기 때문에 육질이 좋고 1등급 소로 유명해요."

"소도 소지만 요리가 더욱 일품인데요."

“호호! 그래요? 그렇게 말씀해 주시니 요리한 보람이 있네요. 그나저나 바깥양반에게 들었는데 우리 대풍이에게 귀한 천종삼을 먹여서 의식까지 잃었던 대풍이가 거짓말처럼 일어났다는데 정말인가요?”

“아, 네. 대풍이와 궁합이 맞은 거죠. 그리고 정확하지는 않지만 최소 50년에서 60년 정도 된 것이라 효과가 좀 있었을 겁니다. 50년 이상 된 천종삼은 상당히 효과가 좋거든요.”

그때 목장 주인아저씨가 끼어들어 한마디 했다.

“나도 삼에 대해서 조금 알지만 근래 천종삼이 보기 드물고 심마니가 갈수록 줄어들고 있는 실정이라 구하기 상당히 어려운 것으로 알고 있는데!”

“네, 50년 이상 된 것은 많지 않고요. 저도 우연찮게 어릴 적부터 놀던 곳이 자꾸 꿈에 나오길래 오랜만에 가보니까 두 뿌리나 있더라고요.”

그러자 아주머니가 물었다

“어릴 적 놀던 곳이요?”

“생후 100일 정도 됐을 무렵 보은사 입구에 버려진 저를 주지 스님이 데려다 키우셨어요. 그렇게 18년이나 보은사에서 지냈지요.”

“어머, 보은사면 예전 우리 제2목장이 있던 곳 바로 뒤인데 2년 전에 개발이 돼서 그쪽으론 방목을 할 수가 없어 옮기긴 했지만요.”

“아, 그러시군요.”

아주머니가 신기하다면서 계속 물었다.

"알고 보니 한 동네 분이셨네. 그런데 그 귀한 천종삼을 어떻게 우리 대풍이에게 먹일 생각을 하셨어요?"

"저는 소를 참 좋아하고요, 소에게 진 빚이 많아요!"

"소에게 진 빚이요?"

"네. 어릴 때 산에서 두 번이나 죽을 뻔한 것을 소가 구해줬어요. 그때부터 소하고 친해져서 어릴 적 친구가 소나 다름없습니다."

그렇게 말하며 절벽에서 떨어진 일과 승냥이를 만나서 죽을 고비를 넘겼던 이야기를 했다.

아주머니는 감탄하며 말했다.

"어머나! 정말 신기하네. 그 당시 그 일대에 방목을 하는 소는 우리 목장 소 말고는 없었어요. 방목을 해도 조합에서 다 구역을 정해줘서 정해진 구역에서만 가능하거든요. 그리고 그때는 주변에 목장이 많지 않았고요. 지금이야 많은 목장이 생기긴 했지만요."

그 이야기를 들은 나도 놀랐고, 우리 세 사람 모두 정말 인연치고는 신기하다고 말하며 이야기는 계속 오갔다.

"그때 저를 구해 준 소가 눈이 유난히 커서 왕눈이라고 부르다 제가 10살이 되던 해에 우연히 소의 귀인이 찍힌 것을 보게 됐는데 E031125이라고 적혀 있더군요. 뒷자리 1125가 제 생일과 같았어요. 그래서 저를 구해 준 그 소를 동생으로 삼고 그때부터 이름을 왕눈이가 아닌 영삼(03)이라고 불렀죠. 이영삼(E03). 제가 이름이 영일이거든요."

아주머니가 "스님이 지어 주신 이름인가요?" 하고 물었다.

"아뇨. 스님이 저를 발견했을 때 포대기에 쪽지가 하나 있었고 제 생년월일과 이름이 적혀 있었대요."

그때 아저씨가 "우연치고 참 신기하네."라고 말했다.

"E라고 찍힌 것은 우리가 방목하는 구역을 말하는 것이고 03은 우리 목장 고유번호예요. 그리고 뒤에 네 자리는 소가 태어난 날이고. 그리고 오늘 총각이 천종삼을 먹인 대풍이는 그 소의 후손이라오.

원래는 전통한우(식용소)였는데 그 소의 혈통 중에 충우(싸움소)가 있었는지 한 성깔 하더라고. 그래서 충우와 계속 교배를 시켜 지금의 대풍이가 나온 겁니다. 세상에 이런 인연도 있나? 참으로 신기하네."

대화가 무르익을 때쯤 식사가 거의 끝났고 장소를 거실로 옮겨서 이야기는 계속되었다.

아서씨가 아주머니에게 토종벌꿀차를 한잔 가져 오라고 하고 화제는 천종삼으로 이어졌다.

"아무튼 총각과는 특이한 인연인데 짚고 넘어 갈 것은 짚고 넘어가야지. 천종삼이 한 뿌리 더 있다고 했죠? 그것과 우리 대풍이에게 먹인 것 두 뿌리 값으로 얼마 드리면 되겠소? 부담 갖지 말고 편안하게 이야기해요."

"대풍이가 나의 생명을 구해 준 영삼이 혈통이라니 제가 더더욱 돈을 받을 수가 없습니다. 이야기를 듣는 내내 많이 놀랐습니다. 영삼이가 없었더라면 저도 지금 이 자리에 없었겠죠."

"그래도 그렇게 할 수는 없지. 총각의 생각이 정 그렇다면 그럼 남은 한 뿌리 값을 내가 후하게 쳐드리리다."

그러며 아저씨는 곧바로 어딘가에 전화를 했다.

"어, 이 과장. 식사는 했나? 다름이 아니고 뭐 좀 하나 물어볼 게 있어서. 요즘 천종삼 한 뿌리에 시가가 어느 정도 하나? 어. 그래? 알겠네. 언제 집으로 좀 오게. 한우에 소주 한잔 하세나."

전화를 끊은 주인아저씨가 말했다.

"내 후배가 담배인삼공사에서 근무하는데 요즘 천종삼이 없어서 구하지도 못할뿐더러 부르는 게 값이라고 하는구만. 게다가 50년 이상 된 것은 최하 천오백만 원부터라고 하니 한 뿌리에 2천만 원 드리리다."

"그럼 한 뿌리 값만 받겠습니다."

"정 그렇다면 하는 수 없지. 알겠소. 계좌번호를 알려주면 내일 경리 아가씨가 바로 송금시킬 테니 계좌번호 좀 불러 봐요."

나는 머리를 긁적이면서 계좌번호가 없다고 말했다.

"하하하! 아니 계좌번호 없는 사람도 있소? 정말 자연인이구만. 그럼 내일 아침 일찍 5만 원 권으로 해서 준비해 놓을 테니 오늘은 여기서 주무시고 가시오. 이 근처에는 여관도 없어서 시내까지 나가야 하오."

"그럼 하루 신세를 져도 되겠습니까?"

그러자 아주머니가 토종벌꿀차를 가져오면서 식구가 둘뿐이라 적적한데 잘됐다며 남는 게 방이니 내 집이라 생각하고 푹 쉬라고 말했다.

"여보, 어차피 자고 내일 가실 거면 송이주松耳酒 한잔 하시는 게 어때요?"

"송이주. 아, 좋지! 특상품 송이버섯으로 만든 송이주가 있는데 한 잔 합시다. 술이라고 생각 말고 약이라고 생각하소. 몸에도 좋으니까. 하하."

나는 토종벌꿀차를 마셔 보니 맛이 상당히 진하고 향도 좋아서 송이주도 기대가 된다며 해맑게 웃었다. 아주머니가 웃으시면서 맛있다고 하니 다행이라며 자신은 원래 외부인을 많이 꺼리는데 왠지 남 같지가 않고 전혀 낯설지가 않다고 말했다. 목장 주인아저씨도 집사람이 낯을 많이 가려서 집에 오는 사람은 딱 정해져 있다며 여러모로 나와 인연이 있는 것 같다고 했다. 나는 좋게 봐 주시니 감사하다고 말하고는 고개를 꾸벅 숙였다.

이윽고 송이주가 토속 그릇에 가득 담겨져 왔고 육회가 한 접시 가득 담겨 있는 그릇이 테이블 중앙에 놓였는데 그 빛깔이 너무 예쁘고 먹음직스러웠다.

"이렇게 극진한 대접은 처음입니다. 제가 이제껏 살면서 먹은 고기보다 더 많은 양의 고기를 오늘 먹네요. 너무 감사합니다."

나는 다시 한반 고개를 숙였다. 그리고 송이주를 홀짝이며 분홍빛 한우육회를 한 점 집어들고 입으로 넣으면서 행복해 했다.

"그런데 자제분은 도시로 나가셨나 봐요?"

그때 아주머니가 더덕무침을 가져오시면서 "아니에요. 우리 바깥양반하고 저하고 단 둘뿐이에요." 했다. 목장 주인아저씨는 한숨을 한번 쉬면서 덧붙였다.

“아마 어딘가 살아 있으면 총각 나이 정도 됐겠네. 우리 부부는 결혼한 지 10년 넘도록 아이를 가지지 못했어요. 집사람이 알메이츠병을 앓고 있어서 아무리 해도 아이가 들어서지 않았지.”

나는 의아한 표정으로 알메이츠병이 뭐냐고 물었다. 아주머니가 씁쓸한 표정으로 말을 이었다.

“알메이츠병은 아무 이유 없이 몸에 힘이 없어지고 의식은 있는데 움직이지 못하는 거에요. 자세하게 이야기하자면 모든 신경계통이 뇌의 명령을 거부하여 신경전달이 되지 않으니 숨만 쉬고 움직일 수 없는 병이지요.

어릴 때는 간질인 줄 알았는데 간질은 발작을 일으키거나 기절을 하기도 하잖아요. 그런데 알메이츠는 발작도 없고 기절은 더더욱 하지 않아요. 오히려 정신이 또렷해서 너무나 힘이 드는데 왜 꿈에서 가위눌렸을 때 움직이고 싶지만 움직여지지 않는 것과 같아요.”

나도 모르게 얼굴이 굳었고 아주머니는 이야기를 계속 이어갔다.

“오백만 명 중에 한 사람 꼴로 태어난다는데 그게 하필 왜 나였는지!”

목장 주인아저씨가 말을 이었다.

“그렇게 애를 가질 수 없었던 우리 부부는 그 좋던 사이도 점점 나빠지자 삼신할머니를 모시고 있다는 유명한 무당을 찾아갔어요. 지금 생각해보면 그렇게 해서 생긴 것인지 솔직히 잘 모르겠지만 그때는 물에 빠진 사람이 지푸라기라도 잡는다는 말이 있듯이 그런 심정이었기 때문에 우리에게 최선의 방법이었지. 물론 집사람 반대도 심했고 20년 전에 1억 원을 달라고 하면서 믿을 수 없는 말만 하니 신뢰하기 힘들어서 할까 말까 갈등이 많았지."

"믿을 수 없는 말이라니요?"

"우리 부부는 집사람이 병 때문에 애가 없는 것이 아니고 타고난 팔자에 애가 없어서 가질 수 없는 것이라더군. 만약 애를 갖게 하려면 남에게 가는 아이를 우리 부부 쪽으로 끌어 당겨 와야 하는데 많이 힘들고 어려워서 일억 원을 내놓지 않으면 안 하겠다 하더라고. 그때는 그런 억지가 어디 있나 싶었는데 나중에는 결국 하게 됐지.

그러면서 또 한 가지 지킬 것이 있다는 거야. 삼신할머니를 속여야 한다나…. 암튼 사내아이로 데려올 것인데 꼭 이름을 여자아이 이름으로 지어서 혼돈을 주어 우리 부부 쪽으로 데려올 것이니 절대 사내아이 이름은 안 된다는 것이었어. 만약 사내아이 이름을 쓰면 아이에게 화가 올 것이라고 하면서 무당이 직접 '영'이라고 여자아이 이름을 지어줬지.

아무튼 굳게 약속을 했고 얼마 안 있어서 정말로 신기하게 아이가 생겼어. 우리는 무당에게 한 약속대로 영이라고 이름으로 애를 옥이야 금이야 목숨처럼 키웠어요.

그런데 10년 전에 돌아가시긴 했지만 구십 넘은 노모老母가 떡두꺼비 같은 종손에게 재수 없게 왜 계집애 이름이냐며 혼자서 사내아이 이름을 부르곤 하셨지. 그 이름을 뭐라고 하셨는지 잘 기억도 안 나요. 치매기도 있으셔서 매번 이름을 다르게 부르셨거든."

나는 진지한 얼굴로 그 뒤에는 어떻게 되었냐고 물었다.

"어느 날 집사람이 또 병이 도져서 급하게 병원에 데리고 갔다 왔는데 집에 아이가 없는 거예요. 그래서 당연히 가정부 아주머니가 보고 있는 줄 알고 물어봤더니 아주머니도 '장 보러 갈 때까지 분명히 자고 있었는데' 그러면서 발을 동동 구르는 게 아니겠나.

사방팔방 청양 일대에 다 찾아봤지만 아이를 찾을 수는 없었소. 가정부 아주머니는 죄송하다며 그만두고 나갔는데 일주일 후에 교통사고로 죽었다는 소식이 전해져서 우리 부부는 여러모로 힘들었어요.

그리고 참으로 더 이상한 것은 아이를 생기게 해 준 무당도 아이가 없어지고 3일 있다가 심장마비로 죽었다는 이야기를 그 무당을 소개해 준 사람에게 들었죠."

* * *

그랬다. 무당은 돈에 욕심이 나서 주술을 부려 삼신할머니를 속이고 다른 집 5대 독자로 가야 하는 아이를 목장 주인집으로 끌어온 것이다.

뭔가 제대로 맞지 않아서 계속해서 아이를 세고 또 세던 삼신할머니는 뭐가 잘못됐는지 도무지 알 수 없었다. 그러던 차에 목장집 할머니가 사내아이 이름을 부르자 무당의 덜미가 잡힌 것이다. 삼신할머니는 무당이 자는 사이에 꿈속에 나타났다.

"네 이년! 네 년이 나를 그렇게 속이고 무사하기를 바랐더냐?"

무당은 계속 "할머니, 죽을죄를 지었습니다. 한번만 살려주세요." 하고 빌었다. 하지만 삼신할머니는 무서운 얼굴로 말했다.

"살려달라고? 5대 독자를 낳아야 하는 그 여인은 너 때문에 애를 낳지 못하자 집에서 쫓겨나 결국에는 목 매달아 자결했다. 네가 도대체 무슨 짓을 한지 알긴 아느냐?"

무당은 얼굴이 창백해졌다.

"불쌍한 한 목숨을 잃게 했으니 너도 합당한 대가를 치러야지! 같이 가자구나!"

"할머니 한번만 용서해 주세요! 뭐든지 다 하겠습니다!"

무당은 애원했다.

"뭐든지 다 하겠다고? 그럼 다시 아이를 가져오너라. 그리하면 목숨만은 살려주마. 단 이틀 안에 데려와야 하느니라."

그렇게 꿈에서 깬 무당은 아이를 데려오려고 했으나 아이는 이미 절에 들어가 있는 상황이었고 그녀는 절에 들어갈 수가 없었다.

그날 밤 무당의 꿈에 삼신할머니가 또 나타나 "아이는 어찌 되었느냐?" 하고 묻자 무당은 아이가 절에 있어 데려올 수 없었다며 죄송하다고 빌기 시작했다. 삼신할머니는 "죄송할 게 뭐가 있느냐? 같이 가면 되는 것이지." 하고는 사라졌다.

그 후 바로 무당은 숨이 막히는지 "할머니… 할머니…!"를 외치다가 숨을 거두었다. 그렇게 무당은 죽었고 그 영혼이 한(恨)을 품고 목장 주인집 가정부에게 복수하게 되어 가정부도 교통사고로 죽게 된 것이었다.

무슨 이야기인가 하면, 목장 주인집에서 일하던 가정부는 양아치 같은 남편에게 너무나 두들겨 맞아서 딸아이를 팽개쳐 놓고 도망 나온 것이었다.

그런데 어떻게 알았는지 3년 만에 목장 주인집으로 남편의 전화가 왔고, 집 청소를 하던 어느 날 돈 천만 원을 보내지 않으면 딸아이를 섬으로 팔아버리겠다는 남편의 협박을 받고 난 후 고민을 하던 중에 청양고아원의 원장으로부터 하나의 제안을 받게 되었다. 미국의 한 사업가가 고아원의 스폰서로 매년 엄청난 돈을 기부하고 있었고 사내아이로 신생아 입양을 원했지만 현재 고아원에는 사내아이가 없고 여자아이뿐이라며 만약 목장 주인집 사내아이를 몰래 빼오면 3천만 원을 주겠다고 약속한 것이다.

그래서 가정부는 시장에 가는 척하며 아이를 데려다 고아원에 넘겨주었는데 아직 미국인 사업가에게 연락이 없다며 하루, 이틀 계속해서 핑계만 대고 돈은 주지 않고 미루고 있었다.

그러자 속았다고 생각했는지 여자는 고아원에 몰래 가서 아이를 다시 데리고 왔는데 집으로 데려 오면 본인이 한 짓이 들통날까 봐 두려워 가지 못하고 보은사 입구에 버렸다. 그때 목장 주인은 200명의 인력을 사서 청양 일대를 이 잡듯이 뒤졌고 실은 보은사에도 찾으러 왔었다.

"주지 스님!"

"왜 그러느냐?"

!에서 산삼의 진세노사이드란 성분이 신경계통에 좋은 효과
는 것을 알게 되어서 매년 천종삼을 10년 넘게 먹었어요. 그
근 3년 동안 천종삼을 구할 수가 없어 가끔 병의 증상이 나
하는데 총각이 천종삼을 가지고 있다니 내가 얼마나 반가
? 3년 동안 천종삼을 구할 수가 없어 시세도 알 수가 없을
그래서 내가 담배인삼공사에서 근무하는 후배에게 전화해
본 거요."

조심스럽게 말했다.

어릴 때 사모님과 같은 증상이 있었어요. 그래서 스님이 항
일에 한 번씩 약을 달여주셨고 열 살 때부터 제가 직접 달
시작했는데 정확히 열세 살 때에 증상이 완전히 사라졌죠."

머니가 놀라며 말했다.

요? 정말 신기하네! 이 병은 아까 말했듯이 오백만 명 중에
꼴로 나타나는 병인데, 물론 유전적인 요소가 있어 계속 늘어
있다고는 하지만…. 그래도 정말 신기하네요."

참 신기하다며 의아한 표정을 지을 수밖에 없었다. 그렇게
를 나누며 송이주를 한 잔, 두 잔 비웠더니 어느새 술이 바닥
피곤함이 몰려와서 더 하겠냐는 권유에 이제 그만하겠다고

요. 그럼 피곤할 텐데 방으로 안내하리다."

주인아저씨는 나를 3층으로 안내했다.

실이 방 안에도 있으니 샤워하고 편히 쉬어요. 그리고 내일

"밖에 웬 사람들이 와서 스님을 뵙자고

"무슨 일인데 나를 보자고 하느냐?"

"생후 100일쯤 된 아이를 찾는 것 같

버려진 그 아이 아닐까요?"

"네 이놈. 어디 가서 그딴 얘기 입 밖에

그 아이와 상관이 없는 아이다. 그리고

거늘…."

"알겠습니다. 주지 스님."

"절 내에 입단속을 확실히 해야 할 것이

"네. 알겠습니다요."

주지 스님은 이 아이가 도로 속세로

고 죽는다는 것을 알고 계셨고 아이를

* * *

"그래서 결국은 못 찾았나요?"

나는 진지하게 목장 주인아저씨에게

"청양은 물론 서울의 방송국에까지

했는데도 찾을 수가 없었어요. 그래서

하고 우리 부부에게 아이 운이 없는 것

남는다는 것을 깨닫고 나서 더 이상 아이

"그렇군요. 그럼 사모님의 알메이츠란

일어날 시간을 이야기해 주면 그 시간에 아침을 준비하리다."

"두 분이 식사하는 시간에 제가 내려오겠습니다."

"우리는 소 때문에 새벽 네 시에 일어나요. 그리고 소들을 돌보고 여섯 시에 아침을 먹지."

"아, 그럼 저도 일찍 자고 네 시에 일어나 같이 일을 돕겠습니다."

"나야 좋은데 일어날 수 있겠소?"

"네. 절에서도 항상 네 시에 일어났는걸요."

"아, 그렇지. 절에서도 그 시간에 일어나겠구만. 그래요, 그럼. 내일 같이 움직입시다."

"네, 알겠습니다. 편히 주무십시오."

"그래요, 잘 자요."

그렇게 씻고 자리에 누웠는데 왠지 모르게 잠이 오지 않았고 가슴이 답답해져 왔다. 술을 마신 탓이라고 생각하며 억지로 잠을 청했다.

* * *

목장 부부 내외도 씻고 잠자리에 들었다. 그런데 아저씨가 아주머니에게 물었다.

"여보, 자요?"

"아니에요. 하실 말씀 있으면 하세요."

"저 총각 말이오. 아까 송이주를 마시면서 우연히 왼쪽 귀 밑에 새끼손톱만 한 점을 보았는데, 아니겠지?"

"저도 봤어요. 전 토종벌꿀차를 줄 때 봤지요. 하지만 대수롭지 않게 생각했는데 알메이츠병이 있었다는 말을 듣고 소름이 돋았어요. 나이도 영이와 같고 생후 100일쯤 됐을 때 버려졌다는 것도 그렇고 귀 밑에 점도 그렇고 뭔가 예사롭지 않죠?"

"참, 나도 아까 같이 차를 타고 오는데 처음 만난 사람이라고 생각이 안 들 정도로 편안했어. 우리가 괜한 오해를 하는 걸까?"

"그러게요. 저도 뭔가 좀 마음이 뒤숭숭해요."

"우리가 오해했을 수도 있어. 그만 생각하고 자자고…."

* * *

다음 날 아침, 일찍 일어나 목장 주인아저씨와 직원들과 같이 500마리가 넘는 소의 여물을 주고 목장 사무실로 돌아오니 6시였다. 아저씨와 나는 아침을 먹기 위해 다시 2층으로 올라갔고 직원들은 직원식당으로 갔다.

"직원들은 어디서 식사를 하나요?

"아, 직원들은 직원식당이 따로 있어서 거기서 식사를 해요.

"그럼 저도 거기서 식사를 하겠습니다."

"그건 아니지! 그래도 우리 집에 오신 손님인데 그럴 수 있나. 집사람이 특별히 산나물에 맛있는 음식을 많이 했다니까 어서 올라갑시다."

2층으로 올라가니 진수성찬이 차려져 있었고 맛있는 음식을 마음껏 먹은 나는 왠지 눈물이 나는 것을 겨우 참았다. 태어나서 이런 따뜻한 집밥을 처음 먹어봤기 때문에 눈물이 저절로 글썽여졌고 이를 참으려고 애를 썼는데 목장 부부는 이내 알아차리고 왜 그러냐며 물었다.

원체 거짓말을 못 하는 터라 처음으로 정성스런 집밥을 먹어본다고 이야기했고 목장 주인아저씨도 마음이 찡했는지 식사를 멈추셨다. 그러다가 문득 아주머니가 어디 갈 곳은 정해져 있는지를 물었다.

"아뇨. 아직 뚜렷하게 뭘 해야 할지 몰라서 그냥 떠돌며 이 산 저 산 다니고 있습니다."

목장 주인아저씨는 그래도 이제 스무 살이면 성인인데 그만 떠돌아다니고 뭔가 미래의 계획을 세워야 하지 않겠냐고 물었다.

"네, 맞습니다. 그러나 뭐를 어떻게 해야 할지 아직 한 번도 생각해본 적이 없거든요."

그때 아주머니가 말했다.

"잘됐네. 그렇지 않아도 우리 목장에 직원이 한 명 더 필요해서 구하려는 참이었는데. 그렇죠, 여보?"

아저씨는 약간 놀란 표정으로

"어? 어…, 그렇지! 그래요. 우리 목장에서 일해볼 생각은 없소?

"저야 감사하지만 제가 도움이 될까요?"

"몸이 좀 고돼서 그렇지, 크게 어려울 것도 머리 쓸 것도 없어요.

마땅히 정해진 계획이 없다면 여기서 일하면서 천천히 구상해요. 나중에 간다 해도 내 잡지는 않을 테니…."

"네. 그럼 사장님 밑에서 열심히 한 번 일을 배워 보겠습니다."

아주머니는 건강한 새 식구가 들어와서 기쁘다며 좋아하셨고 나도 떠돌이 생활을 접고 한 곳에 정착할 수 있어서 더할 나위 없이 좋았다.

그렇게 나는 그날부로 목장을 자기 것이라 생각하고 궂은일도 마다하지 않았으며, 몸을 아끼지 않고 열심히 최선을 다해 일한 결과, 일반 사원으로 시작하여 1년 만에 대리로 진급했다. 또 6년 동안 말굽버섯과 약초, 토종벌꿀을 배합한 사료를 연구 및 제조하여 벨기에에 한우를 독점 수출하는 성과를 냈고 연간 10만 달러의 소득을 올리는 눈부신 활약을 펼치기도 했다. 그 공로로 총괄책임자(부장)로 승진하고 영농조합 청년회 최연소 회장으로 청양군을 이끌어가는 기대주가 되었는데 그때가 스물일곱이 되는 해였다.

목장은 나날이 발전했지만 아주머니는 알메이츠병이 점점 심해져서 합병증까지 생기더니 심장에 자주 이상 증상을 보이기 시작했다. 그러던 어느 날 심한 호흡곤란이 와서 정신을 잃고 응급실에 실려 갔는데 눈을 뜨니 26시간이나 지난 후였다.

정신이 들자 아주머니는 나를 찾았고 병원에 간 나와 목장 주인 아저씨는 아주머니가 정신을 되찾자 너무 기뻐했다. 그때 아주머니는 나를 보면서 말했다.

"이 부장님, 할 말이 있는데 내 말 믿어줄래요?"

그러자 목장 주인아저씨가 만류했다.

"여보, 나중에 해도 돼. 지금은 당신이 우선이야. 당신 26시간이나 의식을 잃고 있었다고."

"아니에요. 지금 하고 싶어요. 제 말 잘 들으세요."

"네, 사모님. 말씀하세요."

"3일 전에 어떤 한 남자에게서 한 통의 전화가 왔어요. 예전에 일하던 가정부 아줌마의 남편이라면서…. 처음엔 믿지 않았어요. 남편이라는 사람이 아줌마가 교통사고로 죽은 것도 모르더라고요. 그런데 우리 영이가 살아있는데 그 근거를 알고 있는 사람은 자기뿐이라며 말해 줄 테니 천만 원을 송금하라고 하더군요. 내가 이제 살면 얼마나 산다고 그까짓 천만 원을 아끼겠어요. 속는 셈 치고 천만 원을 송금했더니 자기 부인과 통화했던 메시지를 보내더군요."

—여보세요.

—돈은 어떻게 됐어?

—실은 청양고아원 원장이 목장 부부의 아이를 몰래 데려다 주면 3천만 원을 준다기에 아이를 데려다 줬어요.

—그래? 돈은?

—근데 미국의 입양을 한다고 했던 사업가가 연락이 없다며 돈을 안 주고 계속 핑계만 대고 있어서 기다리고 있는 거예요.

—그럼 돈은 언제 보낼 거야?

—지금 목장 부부가 사람들 200명을 사서 청양 일대를 이 잡듯 뒤지고 있어요. 조만간 고아원에도 갈 거예요.

—그럼 다시 아이를 데리고 와!

—데리고 와서 어떻게 하려고요?

—내가 직접 목장 부부와 담판을 짓고 돈을 받아야겠어.

—안 돼요, 그건. 그러다 목장 부부가 경찰에 신고라도 하면 당신이나 나나 둘 다 무사하지는 못할 거예요. 그럼 우리 영희는 누가 키워요? 절대 그렇게 할 수 없어요. 차라리 이 아이를 보은사에 맡기고 말지, 당신에게는 못 데리고 가요. 그리고 다시는 나를 찾을 생각도 말고 영희를 섬에다 팔려면 팔아요. 그 애가 나만의 자식인가요? 당신 자식은 아닌가요?

—뭐야! 말 다 했어?

—그래요, 다했어요! 전화 끊을게요.

그 당시 가정부 아주머니의 남편이 천만 원을 보내라고 협박하는 바람에 가정부 아주머니는 아이를 고아원에 가져다 줬지만 돈을 받지 못하자 남편에게 전화했다. 그리고 모든 이야기를 다 듣고 난 가정부 아주머니의 남편은 아이를 데리고 오라며 자신이 직접 아이의 부모와 흥정을 하겠다고 했던 것이다. 그러자 아주머니는 그렇게는 할 수 없다며 나도 자식 있는 사람인데 더 이상은 못하겠다고 했고 또 목장 부부가 경찰에 신고라도 하면 둘 다 무사하지 못해서 자기 딸을 키울 사람이 없어지게 되는 것을 염려했다.

“이 부장님은 내 아들입니다. 내가 꿈에도 그리던 그렇게 보고 싶었던 내 아들….”

아주머니는 눈물을 흘리며 흐느끼기 시작했고 나는 드라마에서나 나올 법한 이야기에 정신이 하나도 없었다. 그때 목장 주인아저씨가 말했다.

“이 부장…. 집사람 말이 맞네. 나도 처음 이 부장을 만났을 때 이상하게 뭔가 당기는 느낌이 있었고 우연이라고 생각했지만 왼쪽 귀 밑에 점을 보고 다시 한 번 놀랐어. 우리 영이가 귀 밑에 손톱만한 점이 있었거든. 게다가 이 부장이 생후 100일 됐을 무렵 보은사에 버려졌다고 했을 때도 뭔가 의아했지만 알메이츠병 증상이 있었다고 했을 때 내 아들이라고 확신했지. 의사 말로는 알메이츠병을 앓고 있는 사람은 전국에 열 명 조금 넘는다고 하더군. 그 안에서 귀밑에 손톱만 한 점까지 있는 사람 확률이 얼마나 된다고 생각하나?

집사람과 나는 하루라도 빨리 말하고 싶었지만 이 부장이 우리 집에 왔을 때는 겨우 20살이었고 어떻게 받아들일지, 또 혹시 혼란스러워 하지는 않을지 해서 때를 기다렸는데 벌써 7년이 지나고 말았네.”

한참 동안 정적이 흘렀고 이윽고 목장 주인아저씨는 “미안하다, 아들아! 그 동안 고생 많았지!” 하며 울먹였다. 아주머니는 계속해서 흐느껴 울고 있었고 내 눈에서도 뜨거운 눈물이 흘러내리고 있었다.

그러던 중 담당 주치의가 안으로 들어왔다.

"안녕하세요. 어떤 분이 보호자 분 되시나요?"

나는 "네, 접니다. 선생님." 하고 대답했다.

목장 주인아저씨와 아주머니는 놀라면서도 기쁨의 표정을 감추지 못했다.

"잠시 저쪽에서 이야기 좀 하실까요?"

나는 의사를 따라 복도로 나갔고 의사가 물었다.

"요즘에는 천종삼을 드시지 않나요?"

"네. 구하기가 어려워 드시지 못했습니다."

의사는 잠깐 말을 멈췄다.

"물론 치유할 수 없는 병이지만 천종삼을 꾸준히 드시면 일어나는 현상을 현저하게 줄일 수 있고 건강하게 생활이 가능하세요. 그렇지 못하면 증상이 자주 일어나고 합병증도 생겨 좋지 못합니다. 현재 환자 분이 합병증으로 심장에 이상이 있으신 건 알고 계시죠?

"네, 알고 있습니다."

"다른 쪽도 아니고 하필이면 심장 쪽이라 위험합니다. 증상이 일어나지 않게 하는 방법밖에 없어요. 안 그러면 언제 돌아가실지 아무도 모릅니다."

"네, 알겠습니다."

"그리고 환자분은 이제 겨우 의식을 찾으셨으니 하루 정도 경과를 봐야 하니까 입원하시는 게 좋겠습니다."

"네."

의사는 말이 떨어지기 무섭게 동쪽 현관으로 서둘러 갔고 나는 다시 중환자실로 들어갔다. 나는 목장 주인아주머니의 손을 꼭 잡고 말했다.

"하루 정도 경과를 봐야 해서 입원을 하라고 하네요. 입원수속 밟고 다른 병동으로 옮기신 다음에 좀 안정을 취하셔야 해요."

"고마워요."

"어머니, 이제 말씀 놓으세요. 아들이잖아요."

"그…그래, 아들아! 고맙다. 네가 이렇게 거부 반응이 없이 받아들여 주니 너무나 고맙다!"

그러면서 아주머니는 계속 슬피 울었다.

"어머니, 앞으로 제가 보살펴 드릴 겁니다. 반드시 치유되게 해 드릴 겁니다. 걱정하지 마시고 저만 믿으세요."

아주머니는 "그래, 고맙다. 나는 너를 찾아서 이제 죽어도 여한이 없다."며 환하게 미소를 지었다.

"아니에요. 이제부터 아들 효도 받고 사셔야죠. 저에게도 효도할 기회를 주세요."

목장 주인아저씨는 감격의 눈물을 흘리며 내게 눈물을 보이지 않으려고 잠깐 화장실에 간다고 나갔다.

나는 목장 주인아주머니 아니, 어머니의 입원 수속을 마치고 병실을 옮겨 드린 뒤 아버지와 집으로 향했다.

집에 도착해서 나는 아버지와 거실에서 차를 한잔 하면서 대화를 나누었다.

"아버지. 오늘 어머니의 주치의에게 알메이츠병은 치유가 되지 않는 병이라는 말을 들었습니다. 하지만 저는 분명 열세 살이 되던 해부터 지금까지 증상이 일어나지 않았고 치유가 됐습니다. 어머니도 반드시 치유될 수 있을 거예요."

"그래, 그랬으면 좋겠다. 하지만 천종삼을 먹어서 증상을 다스리는 방법 외에는 아직 치료법이 없다는구나."

"제가 꼭 찾아낼 겁니다."

그렇게 어머니는 다시 호전이 되어서 퇴원을 하셨지만 나는 마음이 조급했다.

어릴 때부터 절에서 자란 나는 또래 아이들이 학교에 가서 공부할 때 주지 스님에게 구학문을 배웠으며 동시에 역학易學을 배웠다. 게다가 불가의 도道와 실전무술인 유합도柔合道도 같이 익혀서 나이는 어렸지만 반半 도사님이라고 해도 과언이 아닐 정도였다. 그래서 나는 스님이 돌아가실 날도 알고 있었고 스스로가 더 이상 절에 있으면 안 되고 절을 떠나야 하는 것도 이미 알고 있었다.

이런 내가 어머니의 운명을 감정해보니 앞으로 2년 후에 돌아가신다고 나와 있었는데 어머니의 사주의 대운이 미토未土 운이고 2년 후의 세운이 을축乙丑이라서 충沖이 온다. 물론 충이 온다고 다 나쁜 것은 아니지만 십이운성十二運星에 병病이 들어와 있고 십이신살十二神殺에 망신살亡身殺이 들어 있기 때문에 이는 즉, 돌아가신다는 운이다. 병病은 몸이 아프다 병든다는 것을 뜻하는 것이며 망신亡身은 수치스러운 일이나 욕보이는 일을 당하는 것이다. 즉 자기의 치부를 보이는 것인데 병들어서 치부를 보인다는 것은, 간단하게 말하면 염을 한다는 것이고 다시 말해서 돌아가신다는 것이다.

이제 겨우 친모親母를 찾았는데 2년 후에 돌아가신다니 너무나 억울하고 이대로 보내드릴 수는 없었다. 아무리 사주에 병病이 있어도 고쳐서 나으면 되는 것이다. 사람이 팔자대로 산다고는 하지만 그 팔자도 자기 노력에 의해서 얼마든지 방향을 틀 수 있는 것이기에 나는 어머니를 살리기로 마음을 먹었다.

그러나 의사의 말이 자꾸 뇌리에 스쳐 지나갔다.

"알메이츠병은 치유가 안 되는 병입니다."

'그럼 나는 어떻게 치유가 됐을까.'

나는 골똘히 생각에 잠겼다.

나도 어릴 때 스님이 천종삼을 말려서 그것을 달여서 먹였고 열 살부터는 스님이 시켜서 직접 달여 먹기 시작했다. 물론 그것이 천종삼이라는 것도 나중에 알게 되었고 약 먹는 것을 빼먹으면 스님에게 심하게 야단을 맞았기 때문에 항상 약 먹는 것이 괴로웠던 나였다. 어머니도 똑같이 천종삼을 드시는데 왜 치유가 안 되는 것일까….

나는 열세 살이 되던 해를 떠올렸다. 천종삼 말고 또 다른 무언가를 먹은 적이 있었는지 기억을 더듬었다.

너무 오래전 일이고 어렸을 때 일이라 기억이 나지 않아 짜증만 나고 머리가 아파왔다. 아무리 생각해도 별다른 것이 없었다. 그래서 혹시 먹은 것 외에 일상생활 중에 무슨 변화가 있었는지는 생각해봤다.

그러다 순간 머리에 빡 떠오르는 것이 있었다.

"그래, 맞아! 열세 살이 되는 그해 가을, 산에서 호랑나비를 잡다가 살모사에 물렸었던 적이 있었고 겨우 절로 돌아갔는데 기억을 잃고 쓰러졌었지. 그 후로 증상이 나타나지 않았어!"

그렇다. 천종삼은 증상을 억제하는 작용에 도움이 됐던 것이지, 천종삼을 먹어서 완쾌된 것이 아니었다.

살모사에 물린 나는 심한 충격으로 기절까지 했었는데 그때 그 충격이 중추신경을 자극했고 세부적인 말초신경까지 건드린 것이다. 그래서 신경조직이 더 이상은 대뇌의 명령을 거르지 않고 즉각 행동에 옮기게 되었으며, 평소에 먹던 천종삼의 진세노사이드 성분과 살모사의 독성분이 결합하여 극대화가 되어서 알 수 없는 새로운 반응이 일어났는데, 그 반응으로 인하여 다시는 알메이즈병의 증상이 나타나지 않았던 것이다.

하지만 충격은 일시적인 것이며 지속적일 수 없는데 그렇다고 계속 충격을 받으며 살 수는 없는 것이다. 결론은 충격이 모든 신경조직에 불을 붙였고 천종삼의 진세노사이드 성분과 살모사의 독이 기폭제 역할을 해서 극대화되자 큰 폭발작용이 일어났던 것이었다.

그럼 문제는 천종삼의 진세노사이드와 살모사의 독을 결합하는 것인데 이 독성분이 뱀에게 물려서 체내에 들어가 작용을 하는 것과 인위적으로 독을 빼내어서 체내에 투여 했을 경우의 작용이 같은가 하는 것이 의문이었다.

그래서 나는 아버지에게 말씀드리고 생명유전자공학팀을 만들기로 결정하여 미국의 생명유전공학의 권위자인 스탠퍼드 박사를 초빙했고 나머지 인원은 국내뿐 아니라 전 세계적으로 모집공고를 냈다. 물론 연봉도 어마어마했는데 이를 대외비로 처리하고 소의 육질 개선을 위한 유전자연구팀으로 결성한 것처럼 꾸몄다.

물론 이미 10년 전부터 미국에서 알메이츠병에 대해서 백신을 만들기 위하여 연구가 활발하게 진행 중이었지만 아무런 성과가 없었고 유일하게 치유가 안 되는 불치병이 알메이츠병이었다.

현대 의학의 발달로 임은 췌장암을 제외하고는 말기에 발견을 하더라도 다 완치가 될 정도가 눈부신 발전이 있었고 심지어는 "에이즈(AIDS), A: 아~, I: 이제, D: 다, S: 살았다."라고 할 정도로 무서운 병이었던 에이즈도 한 달만 약을 복용하면 완치되는 병이 되어버렸다. 게다가 피임칩이 개발되어 여성의 엉덩이나 허벅지에 칩을 넣고 원격조정으로 임신을 막을 수 있는 시대였다. 간단하게 설명하자면 리모컨으로 에어컨의 바람이나 온도를 정하듯이 리모컨의 전원을 켜면 칩에서 배란의 생성을 막는 작용을 해서 임신이 되지 않게끔 작용하고 임신을 원할 때는 전원을 끄면 임신이 되는 피임도구이다.

현대 의학이 얼마나 크나큰 발전을 했는지 짐작할 수가 있고 못

고치는 병이 없는 시대에 살고 있다고들 알고 있었는데, 알메이츠병만은 아는 사람도 병을 앓고 있는 사람이 많지 않아서 크게 신경을 쓰지 않는 병이었다.

하지만 병을 앓는 사람의 수가 자꾸 늘어나고 있고 현재 병을 앓고 있는 사람과 그 가족들에게 아주 큰 시련이 아닐 수 없었다.

나는 병을 없애는 백신에 모든 것을 걸기로 마음을 먹었다. 세계 각국에서 지원자가 쏟아져 나와서 스탠퍼드 박사와 내가 한 사람씩 면접을 보고 영국에서 한 명, 일본에서 한 명, 한국에서 두 명을 선발하여 스탠퍼드 박사를 포함해 총 다섯 명의 연구원이 연구를 시작하게 되었다.

그렇게 연구를 시작한 지 6개월이 지났지만 연구에는 이렇다 할 결과가 없었다. 물론 세계 초일류 강대국인 미국에서도 10년간 아무런 성과를 올리지 못한 것에 비하면 6개월은 그리 긴 시간은 아니지만 아무 근거 없이 연구를 시작한 것과 다르게 진세노사이드와 살모사의 독성분이라는 열쇠를 쥤는데도 연구의 진전이 없자 나는 너무나도 답답했다.

또 6개월이 지났다.

1년이 지날 무렵 스탠퍼드 박사는 제안을 하나 했다.

병균을 잡으려면 그 병균이 있어야 하고 그 병균보다 더 강한 세균을 투입하여 제거하는 것이 기본적인 방법이다. 인간의 몸 안에는 백혈구라는 것이 있다. 이 백혈구는 외부로부터 들어오는 균, 즉 바이러스와 싸워서 우리 몸을 지키게 되는데 외부에서 침입한 균이 더 강해서 백혈구가 싸움에서 지게 되면 백혈구의 수가 감소하게 되고 나쁜 균이 늘어나서 체내에 빠르게 번식하는데 그러면 몸에서는 저항력을 잃고 병이 생기는 것이다. 이때 몸 안에 백혈구가 다시 싸워서 이길 수 있도록 지원군을 보내주는데 이것이 바로 백신이다.

하지만 알메이츠병은 몸 안에 균 자체가 없고 단지 내부 신경지각계통의 신경들이 뇌의 말을 거부하고 움직이지 않는 것뿐이지 다른 어떤 균이 확산되어서 몸이 병들어 가는 것이 아니었다. 균이 있는 병이라면 흰 쥐에게 그 균을 주입하고 실험하여 그 문제를 해결하는 백신을 만들어 투입시켜 그 상황을 보면서 연구를 거듭해 나가면 되지만 균 자체가 없으니 방법이 없었다.

그래서 스탠퍼드 박사가 내린 결론은 진세노사이드와 살모사의 독성분을 알메이츠병을 앓고 있는 환자에게 직접 투여해보자는 것이다.

그러나 알메이츠 환자는 전국에 고작 열 명 남짓이 전부인데 어디서 그 환자를 찾을 것이며 찾는다고 한들 누가 실험 대상이 되려고 하겠는가! 독을 몸에 넣어서 잘못되면 죽을 수도 있다. 그랬을 경우 그 책임은 누가 지겠는가? 의학계에서는 사람과 가장 세포조직이 흡사한 흰 쥐에게만 실험이 가능하고 사람에게 직접 실험을 하는 것은 금지되어있다. 물론 요즘은 법안이 통과해서 가벼운 임상실험은 가능하지만 알메이츠병은 뱀의 독으로 인해 죽을 수 있기 때문에 사람에게 실험을 하는 것은 불가능하다.

나는 더욱 고민에 빠졌고 차라리 나에게 다시 알메이츠병의 증상이 찾아왔으면 하는 마음까지 들었다. 게다가 연구비와 연구원의 연봉을 합하면 한해 190억 원이라는 만만치 않은 비용이 들어갔다.

왜냐하면 천종삼 한 뿌리에서 뽑아내는 진세노사이드가 고작 10밀리리터가 전부였으며 살모사의 독은 한 마리에서 추출하는 독이 겨우 1.2밀리리터가 전부이기 때문이었다. 한 달 동안 연구에 필요한 양은 진세노사이드가 500밀리리터, 독이 150밀리리터 정도가 필요하다. 그러니까 한 달에 천종삼 50뿌리, 살모사가 125마리가 들어가는데 천종삼은 구하기가 힘들어 한 뿌리에 보통 2천만 원부터 시작하고 살모사도 1년이 지난 지금 이제는 바닥이 나서 아무리 고가에 구입을 한다고 해도 구할 수가 없었다.

게다가 살모사의 독이 워낙 강해서 진세노사이드의 성분이 소멸되는 바람에 연구는 더욱 난항에 접어들었는데, 마침 진세노사이드 성분에 얇은 막을 형성시켜 소멸되지 않게끔 하는 것에 성공했고 워낙 눈에 보이지도 않을 만큼 얇은 막이라서 체내에 들어가는 순간 녹아서 뱀의 독성분과 융합이 된다는 것이었다. 이제 직접 사람에게 시험해야 한다는 것이 스탠퍼드 박사의 설명이었고 문제는 사람이었다. 그러나 알메이츠병을 알고 있는 사람을 백방으로 알아보고 모집했지만 자신이 알메이츠병을 앓고 있다는 것조차 모르는 듯하며 한 사람도 나타나지 않았다.

나는 점점 초초했고 생각에 잠겼다.

"앞으로 시간이 얼마 없고 사주대로라면 이제 어머니의 생명은 1년도 채 남지 않은 것이다. 과연 어떻게 해야 한단 말인가…."

그렇게 고민을 하던 나는 소의 육질 개선 때문에 연구를 하던 연구실로 발걸음을 옮겼다. 뭔가 곰곰이 생각을 할 때면 항상 연구실에 들어가는 버릇이 있어서 그날도 어김없이 그쪽으로 향했다. 그런데 안에서 미세한 인기척이 느껴졌고 연구실에 올만 한 사람이 없는데 이상하게 생각을 하다 혹시 외부인일지도 모른다는 불길한 생각에 마음의 준비를 하고 문을 세게 열었다.

그러자 일본인 연구원 유미由美씨가 뭔가를 보고 있었다. 유미씨는 재일교포 3세로 생명유전자공학으로 도쿄대 대학원을 졸업한 수재였고 한국말을 유창하게 하기 때문에 1순위로 뽑힌 사람이었다.

"유미 씨 아니에요."

"네, 사장님"

"유미 씨가 여기에는 무슨 일로?"

"네, 혹시 연구에 도움이 될 만한 것이 있을 것이라 생각 돼서 왔습니다. 말씀드리려고 하다가 밤이 깊어서 실례가 될까봐서요. 주무시고 계실 수도 있고…."

나는 외부인이 아니란 것을 확인하고 잠깐 긴장했던 마음을 추스르고 말했다.

"아, 그러시군요. 그런데 소에 관련한 육질개선 자료뿐이라 뭐 도움이 되는 게 있겠습니까?"

"네. 그래도 단 한 가지라도 도움이 될 만한 단서가 있으면 찾아보는 게 우리 할 일이니까요."

"네, 그렇죠."

나는 유미 씨에게 필요한 게 있으면 뭐라도 좋으니 말하라고 했고 유미 씨는 감사하다는 인사를 하고 돌아갔다.

오랜만에 소의 육질개선 자료들을 보니 잠깐 옛 일들을 떠올랐다. 더 좋은 육질의 소를 만들어 보겠다고 1년간 전국을 수시로 돌아다니며 자료를 수집했고, 정통 한우만을 고집하여 번식을 시켰으며, 산의 7부 능선에서 좋은 청룡의 기운만을 받아서 자란다는 비선초飛善草를 음지에 잘 말린 후 토종벌꿀, 말굽버섯과 함께 소에게 먹여서 특상품의 한우를 만들어 낸 것이다. 특히 비선초는 다른 약초와는 다르게 겨울에만 자라고 잎이 피기 때문에 채취하는 데 어려움이 많았고 가파른 능선에 주로 자리 잡고 있어서 채취하기가 보통 힘든 것이 아니었다.

그래서 나는 비선초를 산이 아닌 하우스에서 재배하기 위해 2년간 이 연구실에서 먹고 자고 생활했다. 물론 아버지와 어머니가 걱정을 많이 하셨지만 나의 고집을 잘 알기 때문에 말릴 수 없었고 결국 비선초의 비닐하우스 재배에 성공해서 지금은 전 세계 30개국에 청양 특등 한우를 수출하고 있었다.

처음 내가 목장에 들어왔을 때 500마리였던 소가 지금은 7,200마리이며 연간 매출이 4,400억 원을 넘었다. 청양 일대의 목장은 거의 다 인수하여 한국 유일의 목장촌도 설립하게 되었으며 한국은 물론 해외에서도 축산업계에서는 유명 인사가 되었다. 심지어는 청정 지역의 소로 유명한 뉴질랜드의 축산업계에서 견학을 정도였으니 이곳이 얼마나 유명한지 알 수 있었다. 또 지금은 농협과 계약해서 지역 특산물로 비선초 차茶도 생산하고 있어 여러 모로 많은 발전이 있었다.

하지만 올 초부터 걱정이 좀 있었는데, 우리는 하루가 다르게 번창하고 있지만 일본 고베 지역에서 청양 소 때문에 비상이 걸려 있었다. 가격을 파격적으로 낮추어도 기존의 수출을 끝으로 거래가 단절되고 청양 소로 발길을 돌리자 목장을 접는 사람은 물론이고 모든 판로가 없어지자 목숨을 끊는 사람들이 생기는가 하면 한 농가는 집단 자살을 해서 일본 사회에 크나큰 충격을 주기도 했다.

하지만 내가 어떻게 할 수 없는 부분이고 어머니에게 온갖 신경이 다 가 있어서 안타깝지만 더 이상 생각할 겨를도 없었던 것 같다. 그렇게 나는 어머니를 낫게 하기 위해서 최선을 다했고 너무 마음고생이 심해서 1년 만에 무려 14킬로그램이나 체중이 줄었으며 계속해서 말라 갔다.

그렇게 한동안 멍하니 무언가에 사로잡힌 사람처럼 있다가 시계를 보니 벌써 자정을 지나고 있어 연구실에서 나와 집으로 걸어갔다. 연구실과 집은 같은 울타리 안에 있었다. 보안을 철통같이 하기 위해 큰 단지를 형성하고 그 안에 집과 연구실 그리고 연구원들의 숙소 비닐하우스 재배실까지 모든 것을 다 갖추어 놓은 것이다. 그리고 울타리 안에 CCTV 50대와 각 코너에는 토종 부산견釜山犬을 한 마리씩 풀어 놓기도 했다. 물론 부산견은 상당히 영리해서 직원들과 손님은 정말 기막히게 구별을 하고 헛짖음이 없어서 연구실에 전혀 방해도 되지 않을뿐더러 사납고 용맹스러워 외부인은 들어오기 쉽지 않았다.

이곳은 그야말로 영화에서나 나오는 요새처럼 꾸며져 있었다. 게다가 만에 하나 외부인이 침입해서 벨이 울리면 청양경찰서와 지역지구대에 자동으로 신호음이 울리고 사설경비회사 912 직원들이 5분 안에 오도록 되어 있는 최첨단 보안시스템이 설치되어있는 곳이었다.

아버지와 어머니가 주무시는 데 방해가 되지 않게 조용히 거실을 지나치는데 아버지가 "연구실에서 이제 오는 게냐?"라고 물으셨다.

"네, 아버지. 좀 늦었습니다."

"피로에 좋은 토종벌꿀차 한잔 하지 않을래?"

"제가 가져올게요."

그렇게 아버지와 나는 차를 한잔 하게 되었다.

"역시 토종벌꿀차는 맛이 달면서 쌉싸름한 것이 일품이야! 그런데 너 요즘 많이 피곤해보이는데 너무 무리하는 거 아니냐?"

"저는 괜찮아요, 아버지. 어머니에게 시간이 얼마 없어요. 더 빨리 움직여야 해요."

"물론 무슨 말인지는 알겠지만 나는 그렇게 생각한다. 네 엄마가 지병 때문에 몸이 많이 안 좋아지는 것도 잘 알고 있고 나도 속이 많이 상한다.

하지만 사주와 연관해서 네 엄마가 앞으로 1년밖에 못 산다는 것은 이해하지 못하겠다. 사람의 생사화복이 하늘에 달려있는 것이고 지성이면 감천이라고 자기가 노력하면 하늘도 돕는다 했다. 어떻게 사주에 나온 대로 사람이 살아간다는 게 나는 영 믿지를 못하겠고 미신迷信이라고밖에 여겨지지 않는구나."

그 말이 떨어지자마자 나는 천천히 설명하며 아버지를 설득했다.

"아버지, 역학易學은 미신이 아닙니다. 하나의 학문이에요. 그 사람이 태어난 년, 월, 일, 시에 해와 달의 각도 그리고 지구에 인력引力을 행사하는 행성行星의 목, 화, 토, 금, 수의 기운을 사람에게 대입하여 수백 년, 수천 년간 통계를 낸 통계학이자 천문학입니다. 세상에서 가장 영악한 동물이 바로 사람이에요. 만약 전혀 근거가 없고 맞지 않는다면 지금까지 내려올 수 있겠습니까?

처음 주역周易을 만든 사람은 중국 주나라의 문왕이고 그것을 집대성해서 사람들에게 더 알기 쉽게 완성해 놓은 사람이 바로 공자입니다. 공자는 세계 4대 성인이에요. 중국의 제갈공명 아시죠? 중국에서 역대 인물 중 가장 머리가 좋은 사람을 뽑으라면 1위가 바로 제갈공명입니다. 제갈공명은 전쟁이 발발하거나 나라의 기근이 있을 때 역학(자미두수)으로 미리 예측하고 그 어려운 상황에서 탈피했다고 하지요."

가만히 듣고 있던 아버지가 말씀하셨다.

"네가 지금 말한 것들은 다 중국 이야기 아니냐?"

“맞습니다. 하지만 단지 중국뿐 아니라 이러한 역학은 우리 선조에게도 큰 영향이 있었습니다. 정확히 언제부터 우리나라에 역학이 시작되었는지는 그 어떤 자료도 없고 근거도 없지만 분명한 것은 중국에 지금의 산둥 반도까지 다 옛 고구려의 땅이었고 우리 선조가 살던 곳이었다는 겁니다. 그리고 조선시대에 유명한 학자나 승려들은 모두가 역학과 풍수지리의 대가들이었고요.

그 예를 들자면 남사고南師古, 맹사성孟思誠, 채성우蔡成禹, 안정복安鼎福, 토정비결로 더 유명한 토정 이지함李芝函 선생 그리고 정조대왕의 총애를 받았으나 정조대왕이 죽자 18년 동안 귀양살이를 해서 목민심서를 쓴 다산 정약용丁若鏞과 자기의 사주는 산에 은거하면서 살아야 그 목숨을 부지할 수 있다는 것을 알고 있었지만 자신과 타협하지 않았던 정도전鄭道傳 선생 등이 유명한 역학자였습니다.

뿐만 아니라 불교계의 고승 중에는 도선국사道詵國師, 무학대사無學大師, 사명대사四溟大師, 서산대사西山大師, 일지대사一指大使, 일이대사一耳大師, 진묵대사震默大師가 있으며 그중에서도 특히 사명대사의 일화는 유명합니다. 사명대사는 임진왜란 때 선조의 부름을 받고 나라의 사신으로 일본에 갔으나 사명대사를 상대하기 어려웠던 왜놈이 사명대사를 죽일 목적으로 밖에서 문을 잠그고 방에 불을 지핀 후 한 시간 후에 방문을 열었더니 이불을 덮고 덜덜 떨면서 추우니 불을 더 지피라고 해서 왜놈이 놀라 도망쳤다는 이야기가 있습니다.

이러한 이야기가 단지 이솝 우화나 동화가 아니라 실제로 있었던 우리 선조들의 이야기고 이분들이 모두 역학의 대가였다는 것입니다.

만약 역학이 믿지 못 할 미신이라면 그 똑똑한 일본인이 일제 36년의 강점기 때 왜 우리나라에 200여 개의 쇠말뚝을 박았겠어요?"

아버지는 대뜸 "그거야 정기를 끊어 놓으려고 그런 게지, 그것과 사주와 무슨 관계가 있다는 거냐?" 하셨다.

"아버지, 풍수지리도 음양陰陽 기운을 근거로 하는 역학의 일부분입니다. 역학에도 많은 분야가 있어요. 주역에서 시작을 해서 후세로 내려오면서 여러 갈래로 나뉘어졌어요. 사람들이 흔히 말하는 사주팔자를 본다는 명리학命理學 그리고 육효六爻, 육임六壬, 자미두수紫薇斗數, 기문둔갑奇門遁甲, 구성기학九星氣學, 관상觀相, 수상手相, 족상足相, 체상體相, 풍수지리학風水地理學, 이 모든 것이 다 역학입니다.

올림픽 육상경기에 100미터 달리기만 있는 것이 아니잖아요. 200미터, 400미터, 800미터, 1500미터, 마라톤 그리고 원반던지기, 투포환, 높이뛰기 등등. 이와 마찬가지로 위에서 말한 것이 다 역학이고 방법만 조금 다르지 결론은 거의 같습니다."

아버지는 가만히 듣고 있다가 말씀하셨다.

"영이 너를 잃어버리고 엄마와 나는 교회에 나가게 됐고 그 신앙심으로 여지껏 버티어왔다. 정말 열심히 믿고 간절했지…. 지금은 교회장로직분까지 맡고 교회 일을 내 일처럼 하고 있는 것을 너도 잘 알고 있을 게다. 그래서 그런지 역학은 왠지 믿음이 가지 않는구나!"

"아버지, 예수님을 믿으세요?"

"물론 믿지. 안 믿으면 교회에 나가겠니?"

"그럼 서양역사는 믿으시면서 정작 우리네의 역사는 왜 믿지를 않으시는 거죠? 솔직히 예수야말로 실존 인물이 아닐 수도 있는데. 위에서 말한 사명대사, 정도전 다 실존 인물이에요, 아버지."

아버지는 빙그레 웃으시면서 말씀하셨다.

"그래, 나도 안다. 그 사람들이 없었다는 것이 아니라 역학을 믿는 게 쉽지 않구나. 역학의 논리대로 태어날 때부터 타고난 운명으로 살아간다면 노력할 필요가 뭐가 있겠니? 어차피 운명대로 될 것을…."

"그렇지 않습니다. 운명대로 간다고 노력도 하지 않으면 좋은 운은 그 기운氣運이 현저하게 떨어지고 나쁜 운은 더 나쁘게 됩니다.

역학은 앞을 미리 내다보고 그 운대로 살자, 이것이 아니라 미리 알아서 좋은 운은 더 좋은 방향으로 갈 수 있도록 하자는 것이며 나쁜 운은 미리 예방하고 피해 갈 수 있으면 피해 가자는 것에 그 뜻이 있는 겁니다.

예를 들어 제가 내일 오후 1시에 뒤로 넘어져서 뇌진탕으로 죽을 운이라는 것을 미리 알면 그 시간에 넘어질 때 손이라도 짚어서 뇌진탕으로 죽을 것을 팔만 부러지게 된다면 죽음을 면할 수 있는 것 아니겠습니까? 팔 부러진다고 죽지는 않으니까요."

"그래. 네 말이 일리는 있다만 아직 내가 받아들이기에는 좀 시간이 필요할 것 같구나. 신의 영역도 아닌 단순한 공부로 앞날을 알 수 있다는 게 납득이 되지 않고 그것이 과연 얼마나 맞을는지 그것도 의문이다."

"100% 맞다고 말씀드릴 수는 없지만 적어도 80% 많게는 90%까지 맞습니다."

"그래. 그럼 네 말대로 그렇게 뛰어난 학문이 왜 발전을 못했을까?"

"아버지, 좋은 질문 하셨어요. 옛날에는 계급사회였기 때문에 발전할 수가 없었던 겁니다. 예를 들어서 천민이 왕의 사주를 타고 났다고 한들 그 시대에 무슨 방법이 있었겠습니까! 또 혼기가 들어선 처자가 사주를 보니 애를 못 갖는 사주라면 그 처자를 어느 집안에서 데려 가겠습니까?

이러한 것이 나라의 질서를 어지럽히고 혼란스러워지자 역학을 금지하게 됐으며 또한 옛날에는 양반집 가문이 아닌 평민과 천민은 글을 몰라서 알 수도 없을뿐더러 역학에서는 120년을 기점으로 큰 변화가 오고 개혁이 일어난다고 되어 있습니다. 나라의 큰 개혁은 무엇을 의미하겠습니까? 즉 왕이 바뀐다는 이야기와 같습니다. 그러니 멀쩡하게 왕의 자리를 보존하고 있는데 120년이 돌아왔다고 왕이 바뀐다고 하면 어떤 왕이 좋아할까요!

이러한 것들이 역학이 발전하는 데 걸림돌이 되어 발전을 못하고 겨우 명맥만 유지하게 된 것입니다."

열심히 설명했지만 아버지는 가슴에 와 닿는 듯한 기색이 아니었다.

"그럼 예전에는 그렇다 치자. 요즘에도 사람들에게 역학은 그리 좋은 인식이 아니잖니?"

"그건 말이죠…. 제대로 배운 역학인이 아닌 사람들이 잘 못 맞추고 또 집안에 우환이 생기니까 고가高價의 부적을 써야 한다 또는 멀쩡한 묘를 이장하라면서 돈을 뜯어가니까 사람들이 역술인을 믿지 못하는 세상이 된 겁니다.

하지만 이제 정부에서도 역학을 인정하고 1995년부터 대학에 학과를 개설해서 매년 박사를 배출하고 있는데 믿지 못 한다, 미신이다 하면 안 되죠."

"아무튼 무슨 이야기인지는 알겠다. 밤이 늦었구나. 너도 피곤할 테니 어서 들어가 쉬어라."

"네, 아버지. 편히 쉬세요."

그렇게 나는 어쩔 수 없이 조금 서운한 마음으로 방으로 올라갔고 침대에 누워서 잠시 생각에 잠겼다.

아버지는 믿지 않겠지만 나의 사주는 20~30살에 자子 대운이었고 아버지를 처음 만나 2014년이 갑오년甲午年이어서 충沖이 와 있어서 뭔가 큰 변화가 일어나겠다고 짐작하고 있었는데 부모궁의 지지地支가 자子이기 때문에 다시 또 충沖이 와서 약간 의아해 했었다.

부모궁에 충이 오면 부모와 좋지 않은 문제나 마찰이 생긴다고 볼 수도 있고 뭔가 부모로 인하여 새로운 일로 변화가 온다는 이야기인데 나는 부모님이 계시기 않기 때문에 크게 생각을 하지 않았다.

그러나 정확하게 2014년, 그러니까 7년 전에 아버지와 어머니를 만난 것이다. 물론 서로 알지는 못했지만 분명 만났고 사주는 정확하게 말해 주고 있었다.

아버지는 역학을 믿지 않으시지만 국내에서 소위 잘나간다는 상위 1%는 역학의 많은 부분을 신뢰한다. 사업가는 새로운 부분에 진출할 때 운運을 보기도 하고 사옥을 이전하거나 공장을 새로 짓고 직원숙소를 만들 때 반드시 풍수지리학적으로 좋은 자리와 날짜를 받아서 한다. 그럼 그 소위 상위 1%들이 바보라서 역학을 믿는 걸까? 맞지 않는다면 그들이 과연 믿을까? 말이 사업가지, 그들은 장사치다. 옛부터 장사치는 절대 손해 보는 짓은 하지 않는다.

얼마 전 우리나라 최고 그룹의 회장님이 금성金星에 갔다 왔다. 그 이유는 본인의 사주 중에 금金 기운이 부족하다는 것. 단지 그 이유 하나 때문이었다. 지금은 2021년, 맘만 먹으면 금성에도 갔다 오는 시대다. 그 회장님이 뭐가 부족해서 힘들게 금성까지 갔다 왔을까! 그분은 역학을 잘 알고 계시는 분이고 부족한 것을 거치지 않고 바로 채우고 온 것이다.

무슨 말인가 하면 위에서도 말했듯이 지구의 주변의 행성이 지구에 인력작용을 하고 있다. 목성, 화성, 토성, 금성, 수성의 각 행성의 기운을 각각 목木 화火 토土 금金 수水의 물질로 비유하고 사람에게 대입시킨 것이다.

예를 들어 수水 기운이 부족한 사람이 있다면 물을 많이 마셔서 부족한 수水의 기운을 조금이나마 채워준다는 이야기다.

하지만 위에서 말한 회장님은 대체해서 채워주는 것이 아니라 자기가 직접 금성에 가서 기운을 채워 온 것이니 얼마나 금金 기운이 충만하겠는가! 이 국내 최고 그룹의 회장님이 금성에 갔다 오고 나서 국내는 물론이고 건설부터 반도체까지 세계 최고로 급부상하고 있고 어마어마한 돈을 과시하며 세계 10대 대별로 등극했다. 금이 무엇인가? '금金 = 돈'이다.

다시 말해서 역학은 무서울 만큼 정확하고 거짓이 없다. 사람이 거짓을 하지 절대 역학은 거짓이 없다."

나는 그렇게 중얼거리며 잠이 들었다.

다음 날 아침 3시 50분에 일어났는데 인시寅時가 가장 기氣가 충만하고 맑기 때문에 나는 매일 그 시간에 기상했다. 그리고 단지 내에서 30분가량 아침운동을 하고 소에게 여물을 주며 하루를 시작했다. 여느 날과 마찬가지로 운동을 마치고 옷을 갈아입으러 나의 연구실 쪽으로 지나고 있었는데 무심코 연구실을 쳐다보니 불이 켜져 있었다.

나는 재빠르게 연구실 안으로 조심스럽게 들어갔고 전기 스위치를 올렸다. 그러자 연구원 유미 씨가 깜짝 놀라 소리를 질렀다.

"어머!"

"아니, 유미 씨가 이렇게 이른 시간에 왜 제 연구실에…?"

"아, 네, 사장님. 어제 모르고 중요한 서류를 놓고 가서 찾고 있었어요."

"그렇군요. 그럼 불을 켜고 찾으시지요."

"혹시 누가 보면 이상하게 생각할까 봐서요."

"에이, 이상하게 생각할 사람 아무도 없어요. 그건 그렇고 스탠퍼드 박사님의 말로는 유미 씨가 이번 연구에 가장 큰 공을 세웠다고 하던데요. 막을 형성해서 진세노사이드의 소멸을 막자는 의견도 유미 씨의 의견이었다고 하시던데요?"

"아, 네. 당연히 해야 할 일을 한 것인데요, 뭐."

나는 웃으며 말했다.

"누구나 다 해야 할 일을 하죠. 하지만 열의가 있고 좀 더 적극적인 사람이 결과를 내는 겁니다."

"사장님께서 그렇게 말씀해 주시니 감사해요. 기분도 좋고요."

"이번 연구만 성공적으로 끝나면 유미 씨를 포함한 연구팀에게 큰 포상을 할 거니까 끝까지 수고 좀 해 주세요."

유미 씨는 웃으며 "네, 알겠습니다. 최선을 다할게요." 하고는 연구실을 나갔다.

나는 책상 위에 흐트러져 있는 말굽버섯의 효능에 관한 연구결과 보고서를 보고 잠시 생각했다.

'도대체 무엇일까? 왜 유미 씨가 한우 육질개선에 관한 연구 자료에 관심을 보이는 것일까. 알메이츠병의 연구와 관련이 정말 있는 것일까…?"

아무리 생각해도 모를 일이었다.

그렇게 며칠이 지났다.

고베축산협회에서 오키나와에서만 양봉되는 벌꿀(일본 오키나와산 특산품)과 말굽버섯을 혼합하여 먹여 고베규가 부드럽고 연한 육질로 한층 새롭게 변화되었다는 소식이 연일 각종 매스컴에 보도되고 있었다.

나는 '일본에서도 조금씩 따라 오고 있구나.'라고 생각하면서도 잠깐 생각에 잠겼다.

"하지만 청양 소를 능가할 수는 없어. 부드러운 육질의 비결은 비선초에 있지, 말굽버섯이 아니거든."

그랬다. 청양 소의 부드러운 육질의 비결은 비선초에 있었다. 비선초는 중국 명나라 때 이시진李時珍이 지은 《본초강목本草綱目》에 나오는 신비한 약초로 겨울에 잎이 나며 혹독한 추위와 서리를 맞고 자라다 봄이 되면 잎이 떨어진다. 일반 풀과는 정반대의 순환과정이며 독특한 향이 있는 게 특징인데 배합만 잘하면 100년 된 산삼의 효능을 능가한다고 기록되어 있을 정도로 귀중한 약초다.

그러나 언제부터인가 비선초가 중국에도 사라져 버렸고 그냥 옛 문헌에 나오는 신비의 약초로 전해져 왔는데 그 비선초를 내가 그것도 한국에서 발견한 것이며 비닐하우스 재배까지도 성공해서 다량의 비선초를 생산하여 소에게 먹여 지금의 최고의 육질의 청양 소가 탄생한 것이다.

나는 일본 고베에서 이 맛을 아무리 따라오려고 해도 불가능하다는 것을 잘 알고 있었다. 일본에서는 비선초가 나지 않을뿐더러 검은 소와 비선초는 궁합이 맞지 않다는 것을 잘 알고 있었기 때문에 고베에서는 난리법석을 떨었지만 그다지 신경을 쓰지 않았다.

그러나 한 가지 궁금한 점은 있었다. 그것은 바로 고베축산협회에서 말굽버섯을 소에게 먹이고 있다는 점인데 말굽버섯을 먹이는 이유를 알고 먹이는 것인가 하는 것이다. 청양 소에게 말굽버섯을 먹이는 이유는 소의 육질을 부드럽게 하려는 근본적인 이유는 맞지만 말굽버섯 자체가 육질을 개선하는 데는 아무런 도움이 안 된다.

그럼 왜 말굽버섯을 먹이는 걸까.

사람들이 잘 모르고 있지만 소란 동물은 원래 거칠고 싸움을 잘 하는 동물이다. 소의 싸움 능력이 어느 정도냐면 옛날 시골에서 소를 몰고 산 넘어가다 범凡을 만나면 소의 배 밑으로 들어가라는 이야기가 있다.

그러면 소가 보호 본능을 일으켜 자기 새끼인 줄 알고 범을 상대해서 싸우는데 소의 힘이 범을 능가하고 소의 뿔에 몇 번 받히면 범이 달아난다고 한다. 그만큼 소는 거칠고 사나운 동물이다.

사납고 거친 동물은 식용으로 쓰이지 않는데 그 이유는 사나운 동물은 단단한 근육질로 형성되어 있어 육질이 단단하고 질겨서 맛이 없기 때문이다. 그래서 스페인의 투우 는 식용으로 먹지 않는다. 세상에 모든 동물을 다 먹어도 맹수는 먹지 않는 이유가 거기에 있으며 투견도 식용으로는 쓰이지 않는 이유도 바로 그것이다.

청양 소에게 말굽버섯을 먹이는 이유는 원래 소가 갖고 있는 근본적인 성격을 없애주고 면역력을 높이기 위함이다. 건강한 소가 맛이 있지 아픈 소가 맛이 있을 리는 없지 않은가. 고베축산협회는 그 이치를 모르고 있었다. 하지만 어떻게 말굽버섯을 먹인다는 것을 알아냈을까?

나는 몹시 궁금했다.

* * *

일본에서 전 세계적으로 홍보를 하며 다시 고베규의 명성을 되찾으려고 했지만 역부족이었고 청양 소의 상대가 될 수 없었는데 고베축산협회에서 연구원인 유미 씨에게 전화를 했다.

—유미 씨, 축산협회 다카하시高橋요.

“네, 회장님.”

—도대체 어떻게 된 겁니까? 말굽버섯이 육질이 개선되는 비결이 아니잖아요. 말굽버섯 말고 또 뭐가 들어가는지 빠른 시일 내에 알아봐요.

“회장님, 비선초라는 약초가 들어가는 것을 알아냈습니다.”

—비선초…. 그게 대체 무슨 약초요?

”네. 고대 중국에서 신비의 약초로 불리는 약초인데 요즘에는 중국에서도 귀한 약초입니다.”

—소에게 별걸 다 먹이네. 중국에도 없는 약초를 청양에서는 어떻게 먹인다는 말이오.

“그 씨앗을 어떻게 구했는지 현재는 비닐하우스 재배에 성공해서 그 약초를 소에게 먹이고 있습니다.”

—아니, 도대체 그 약초가 무슨 작용을 하길래 소의 육질이 그렇게 좋은 거지? 지금 프랑스에서도 청양 소의 육질에 감탄해서 프랑스 내 고급호텔에선 전부 청양 소를 쓰고 있단 말이요. 관계자 말로는 청양 소는 씹을 겨를이 없고 입에 들어가면 사르르 녹는다는데 대체 어떻게 만드는지 알 수가 있어야지….

"저도 알아보겠지만 비선초에 대해서 빨리 알아보시는 게 좋을 것 같습니다. 열쇠는 비선초입니다. 회장님."

—알았소. 계속 알아보고 새로운 것이 있으면 바로 연락해요.

"네, 회장님. 알겠습니다."

그랬다. 연구원 유미 씨는 고베축산협회에서 보낸 스파이였는데 단순히 스파이가 아니라 다카하시 회장이 유미 씨의 의붓아버지였고 중학교 1학년 때 어머니가 돌아가시고부터는 딸이자 부인의 역할까지 했다.

물론 위와 같은 경우가 흔치는 않지만 예를 들어 자매가 있는데 언니가 사고로 먼저 죽으면 동생이 언니 대신 형부와 사는 경우는 종종 있다. 한국적인 사고로 보면 이해할 수 없지만 일본에서는 언니가 형부가 싫어서 이혼한 것이 아니고 사고로 죽어서 원치 않게 형부 곁을 떠난 것이기 때문에 그 자리를 동생이라도 대신해야 한다고 생각했다.

어찌 되었던 유미 씨는 고베축산협회에서 보낸 스파이였고 유미 씨에게 고베축산협회의 앞날과 농가의 흥망성쇠가 달려 있었으니 책임감과 심적 부담이 상당했다. 그래서 그런지 그녀는 주말마다 어디론가 말없이 나가고는 했다. 주5일 근무여서 주말에는 쉬기 때문에 다들 그녀가 바람을 쐬러 간다고 생각했고 다른 영국인 동료도 주말에는 시내에 가서 기분전환을 하곤 했으니 아무도 이상하게 생각하지 않았다. 그런데 그녀는 바람 쐬러 갔던 것이 아니고 곱게 정장을 차려입고 문진리교門眞理敎에 갔었던 것이다.

* * *

문진리교는 생긴 지 30년도 되지 않은 신흥종교였는데 일본의 한 드라마 작가가 종교 소설을 쓰다가 정말 종교를 만들어 전파한 것이다. 한국에도 문진리교가 10년 전부터 들어와서 빠르게 성장하고 있었고 각 지역에 회당이 있을 정도로 그 세가 크게 확장되었다. 문진리교가 빠르게 확장할 수 있었던 것은 어마어마한 자금력의 뒷받침이 있었고 문진리교의 간부들이 최면술과 심리조정술의 대가들이 많이 있어서 사람들을 쉽게 포섭하는 것이 가능했기 때문이었다. 유미 씨의 아버지 다카하시 씨가 바로 문진리교의 부교주였다.

이 문진리교는 자기네 종교를 믿으면 살아서는 모든 문제의 답을 찾고 이로 인해 어려움을 이겨낼 수 있는 문이 열리며, 죽어서는 생명에 문이 열려 꿈의 동산에서 영원히 산다는 영생론을 펼치고 있었는데, 유미 씨처럼 학벌도 좋고 지혜롭고 뛰어난 미인이 스파이짓을 왜 하는지 당시에는 알 수 없었지만 나는 유미 씨가 최면에 의해 심리조정을 당하고 있었던 것을 알아냈다.

아무튼 문진리교는 일본에서 축산협회를 운영하고 항만사업까지 하고 있어서 그 자금력으로 뿌리를 튼튼하게 내렸고 날로 성장하는 신흥종교였으며 문진리교에 한번 빠지면 목숨도 내놓겠다는 사람이 한둘이 아니었을 정도로 그들의 세뇌시키는 방법은 정말로 대단했다.

보름 후, 주말마다 곱게 정장을 차려입고 외출을 하던 유미 씨가 어쩐 일인지 단지 내에 있었고 다들 나가고 아무도 없는 단지를 산책하는 것이 눈에 띄었다.

나는 부산견만 있는 단지를 홀로 쓸쓸히 배회하는 유미 씨가 걱정이 되었다. 유미 씨에게 무슨 고민이 있는 것인지 아니면 일본을 떠나 온 지 1년이 넘어서 향수병에 마음이 우울한 건 아닌지…. 걱정이 아니라 어쩌면 호감일지도 모른다.

그러던 어느 날 산에 기도를 하러 갔다 오는데 운전하고 가다가 단지 쪽에서 마을 입구로 나오는 유미 씨를 발견했다. 마침 교차로에서 덤프트럭 한 대가 급하게 우회전을 했고 이를 못 보고 오던 오토바이가 덤프트럭을 피하다 유미 씨와 부딪쳐 유미 씨가 그만 하천 밑으로 굴러떨어져 버렸다. 너무 놀란 나는 바로 그쪽으로 향했고 유미 씨를 들쳐 업고 차에 태운 후 시내에 있는 청양종합병원으로 급하게 차를 몰았다.

"유미 씨, 정신 좀 차려 봐요! 유미 씨!"

그러나 유미 씨는 정신을 잃어 아무 대답도 하지 못했다.

이윽고 병원에 도착하여 응급실로 향했고 의사들이 눈동자의 동공을 살피며 의식을 돌아오게끔 뺨을 때리기 시작했다. 그러자 유미 씨가 웅얼웅얼하면서 조금씩 정신을 되찾았다.

의사가 물었다.

"이름이 뭐죠?"

"유미데스. 다카하시 유미…."

"집이 어디예요?"

"아노…. 야마노 나까데스께도 도찌까 와까리마셍."

"이분, 일본 사람인가요?"

"네, 재일교포인데 아마 오토바이에 치여서 충격이 심했나 봅니다. 평소에는 일본어를 전혀 사용하지 않는데…."

"겉으로 보이는 외상은 없지만 교통사고는 후유증이 더 무서운 것이니 일단 입원하고 며칠 검사를 해봐야 되겠네요."

"네, 알겠습니다."

나는 집에 연락하고 나서 스탠퍼드 박사에게도 전화했다. 그리고 3일 간 옆에서 직접 간호하면서 사이가 가까워졌고 그 계기로 좋아하는 감정이 조금씩 생기기 시작하여 나중에는 결혼까지 하게 되었다.

그때 나는 일방적인 사랑이 모든 화근의 불씨가 되었다는 것을 미처 몰랐다.

퇴원하기 하루 전날, 별다른 이상이 없다고 담당 의사에게 퇴원을 해도 좋다는 말을 듣고 어느 정도 안심을 한 나는 유미 씨에게 '검사결과 아무 이상이 없으니 내일 아침 일찍 퇴원을 해도 된다.'고 이야기했다. 그러자 유미 씨는 정말 감사하다며 눈물을 흘렸고 나는 그녀의 뺨에서 흐르는 눈물을 가볍게 닦아 주었다.

"한국생활 많이 힘들죠! 더구나 연구가 쉬운 일도 아니고 고생 많은 거 알아요. 하지만 조금만 더 힘내요. 좋은 결과 있을 거예요. 아, 참. 우리 이 앞에 잠시 머리 식히러 나가요. 병원 안에 공원 참 잘 돼 있더라고요."

"네, 사장님. 그렇게 해요."

우리 두 사람은 병동 안에 있는 공원으로 나가서 벤치에 앉아 하늘을 바라보며 햇빛 좋은 오후의 날씨를 만끽했다.

"유미 씨 일본어 하는 거 처음 들었어요. 전혀 다른 사람 같던데요!"

"그래요. 어떻게 다르던가요?"

"텔레비전에서 일본 앵커가 말하는 거 말고는 본 적이 없었거든요. 뭐랄까…. 신선했어요."

"전 아픈데 겨우 그런 생각하셨어요?"

"어, 그러네…."

나도 모르게 얼굴이 빨개졌고 유미 씨와 나는 서로 얼굴을 마주보며 웃었다.

"그런데 어떤 계기로 생명유전자공학을 공부하게 됐나요? 유미 씨는 미인이라 연예인이나 아나운서 했으면 참 잘 어울릴 것 같은데요."

"어릴 때 꿈은 아나운서였어요."

“아, 그래요? 그런데 왜….”

“중학교 1학년 때 엄마가 돌아가셨어요. 교통사고로 돌아가셨지만 정확히 말하면 알메이츠병에 의한 교통사고였죠.

그날은 내 생일이었고 수업을 마친 후에 내가 항상 갖고 싶어 했던 보라색 원피스를 사주시겠다고 해서 학교 앞에서 만나기로 했었죠. 교문 앞에 엄마가 보이고 엄마 쪽으로 다가갔는데 엄마의 행동이 뭔가 이상했어요. 저를 보고 걸어오시다 갑자기 멈추시더니 움직임이 없으셨어요.

마침 달려오던 2톤 탑차가 있었는데 잠시 한눈을 팔았는지 엄마를 늦게 발견하고는 그냥 밟고 지나친 후에야 간신히 멈췄어요. 엄마는 그렇게 제가 보는 앞에서 돌아가셨죠. 그때는 엄마가 왜 가만히 있고 움직이지 못했는지 몰랐어요. 나중에 엄마가 알메이츠병을 앓고 있었다는 것을 알게 되었죠. 돌아가신 그날 하필 증상이 나타났던 거예요.

그 후로 제 꿈은 의사로 바뀌었는데 고등학교에 진학하면서 의사가 아닌 생명유전자공학을 공부해야 알메이츠병을 잡을 수 있다는 것을 깨달았죠. 그래서 도쿄대 생명유전자공학부에 들어간 거고요.”

“아, 그랬군요…. 알메이츠병은 유전인 거 유미 씨도 아시죠?

“네. 그런데 이상하게 저에게는 증상이 없어요. 사장님도 잘 아시겠지만 유전인자가 100% 자식에게 옮겨가지는 않거든요. 그러나 혹시 모르죠. 제 자식 대에서 증상이 나타날 수도 있고요. 항상 확률은 열려있으니까요. 그래서 전 결혼을 하지 않으려고요."

"결혼을 안 하다니요. 우리가 지금 알메이츠병을 치유하는 연구를 하고 있는데 그렇게 자신 없는 말을 하면 어떻게 합니까! 연구가 성공하지 못할 것이라는 말로 들리는데요?"

"어머…. 말이 그렇게 되나요? 죄송해요, 그런 뜻이 아니었는데…."

나는 웃으며 말했다.

"죄송은요. 저도 그냥 사심 없이 한 말이라는 거 알아요. 그나저나 한국생활 힘들죠?"

"항상 연구에만 몰입하느라 한국생활이란 것이 어떤 것인지도 잘 모르겠어요."

"괜한 질문을 했네요. 질문하고 순간 아차 했어요. 연구가 끝나면 제가 좋은 곳도 많이 구경시켜 드리고 맛있는 것도 많이 사드릴게요."

"사장님, 정말이죠? 약속하시는 거예요?"

"그럼요, 약속하죠."

"그럼 새끼손가락 걸어요."

그렇게 새끼손가락을 걸고 나서 우리 둘은 병동으로 돌아갔고 다음 날 아침 유미 씨는 퇴원했다. 단지로 돌아가니 연구팀에서 무사히 돌아와서 축하한다면서 조그만 케이크를 사 놓고 기다리고 있었고 작은 폭죽도 하나 터트렸다. 유미 씨는 좋아하면서도 눈물을 살짝 보였다. 이때 동료가 유미 씨에게 한마디 하라고 했다.

"너무 감사해요. 제가 무슨 큰일이라도 하고 온 사람처럼 느껴져서 부끄럽네요. 앞으로는 조심히 다니고 아프지 않을게요. 걱정하게 해서 모든 분들에게 죄송합니다."

"자, 박수!"

동료 중 한 명이 '박수'라고 하자 모두 일제히 박수를 쳤고 다 같이 하나가 되어 웃으며 유미 씨가 안 다치고 돌아온 것을 기뻐했다.

* * *

그날 오후. 고베축산협회에서 유미 씨에게 전화가 왔다.

"여보세요."

—유미 씨 어떻게 된 거예요. 사흘이나 연락도 없고 여기서는 일분일초를 다투고 있는데.

유미 씨는 떨리는 목소리로 말했다.

"죄송합니다, 회장님. 사고가 있었어요."

—사고! 무슨 사고요?

"제가 교통사고가 나서 3일간 병원에 입원해 있었습니다."

—저런. 몸은 좀 어때요?

"크게 다친 곳은 없어요. 오늘 아침에 퇴원했는데 연락을 드린다는 것이 상황이 여의치 않아서요."

—그래, 다친 곳이 없다니까 다행이네요. 앞으로 조심해요. 유미 씨에게 축산협회의 앞날이 달려있으니까.

"네, 조심하겠습니다."

—그건 그렇고, 비선초에 대해 전문가들이 알아본 결과 일본에서는 물론이고 중국에서도 구할 수가 없어요. 그래서 말인데 유미 씨가 비선초 씨앗을 이쪽으로 좀 보내야 할 것 같소.

"네?"

—왜요? 자신이 없소?

"아뇨. 쉽지는 않지만 어떻게든 구해서 보내겠습니다."

다카하시 회장은 웃으며 말했다.

—그래야지. 당신은 잘할 것이라 믿소. 당신이 누구요? 나의 부인이 아니오. 허허허. 그럼 좋은 소식 기다리겠소.

전화가 끊어지고 조금 후에 다카하시 회장으로부터 메시지가 한 통 왔다.

—마야카라 마라쿠

'마야카라 마라쿠'라는 말은 눈진리교의 주문인데 뭔가를 지시할 때 '넌 할 수 있다.'라는 말이며 일종의 세뇌 주문인 셈이다. 그 주문을 보는 순간 유미 씨의 눈빛이 예리해졌고 얼굴에 강렬한 기운이 감돌았다.

유미 씨는 일주일 동안 연구실을 다 뒤져서 겨우 비선초 씨앗 하나를 발견했고 일본으로 바로 보내고 난 후 결과를 기다리고 있었다. 일주일 후 다카하시 회장에게 전화가 왔는데 비선초의 비닐하우스 재배를 위해서 연구진을 구성했으며 조만간 비닐하우스 재배에 성공할 것 같다면서 그렇게 되면 바로 일본으로 돌아오라는 것이었다.

하지만 아무리 빨라도 5개월 이상은 걸린다고 봐야 했다. 일본이 씨앗과 관련한 종자 개량과 비닐하우스 번식 분야에서 세계 최고의 실력을 자랑하지만 몇 년에 걸쳐서 겨우 성공한 것을 하루아침에 성공한다는 것은 있을 수 없었다. 그렇게 6개월이 지나서 일본은 비선초 비닐하우스 재배에 성공했고 다카하시 회장에게서 메시지가 왔다.

—비선초의 비닐하우스 재배에 성공했소. 조만간 정리하고 돌아올 준비를 하도록 하시오. 그동안 고생이 많았소.

하지만 일본에서는 비선초 재배는 성공했지만 문제는 소들이 비선초를 먹지를 않았다. 그렇다고 한 마리, 한 마리에게 주사로 투여한다는 것은 말이 안 되고 투여도 실시해봤지만 소에게 부작용만 생기고 오히려 역효과가 일어났다.

비선초에는 독특한 향이 있었는데 이 향을 소가 싫어해서 먹지를 않는다. 그래서 나는 비선초의 즙을 내서 흑설탕과 함께 벌에게 먹였다. 비선초를 먹은 벌이 만들어 내는 토종꿀이 바로 육질개선의 비결이었던 것이고 이것을 말굽버섯과 같이 먹여서 최고의 육질을 자랑하는 청양 소가 만들어졌던 것이다. 비선초 즙을 내서 벌에게 먹이는 작업은 그 누구에게도 밝히지 않고 항상 나 혼자서만 작업을 했기 때문에 아무도 알지 못했다.

일본에서는 모든 것이 성공해서 이제 청양 소를 누르고 다시 고베규의 명성을 찾을 수 있을 것이라 생각했는데 뜻대로 되지 않자 한바탕 난리가 났고 또다시 유미 씨에게 전화가 걸려왔다.

"여보세요."

—나 다카하시오.

"네, 회장님."

—아무래도 유미 씨가 청양 소 사장에게 노골적으로 접근을 해야겠소.

"노골적으로라면…."

—그렇소. 별다른 방법이 없지 않소!

"그럼 몸을 허락하란 말씀인가요?"

—이 일이 얼마나 중대한 일인지 모르시오? 나라고 마음이 편하겠소? 당신은 내 부인이오. 나는 더 가슴이 아파요.

"하지만 회장님 지금 현재로서는 쉽지가 않습니다. 청양 소 사장 어머니의 알메이츠병이 점점 악화되고 있고 6개월 후면 병으로 죽을 수도 있다고 판단하기 때문에 아주 예민해져 있어서 다가가는 것 자체가 어렵습니다."

그러자 다카하시 회장은 "마야카라 마라쿠"라고 주문을 외웠다. 주문을 들은 유미 씨는 순한 양으로 변해 한 마디 변명도 없이 "네, 회장님. 바로 시행하겠습니다."라고 말하며 전화를 끊었다.

* * *

알메이츠병의 연구는 끝났지만 병을 앓고 있는 환자가 없어서 임상실험을 할 수 없는 상황이었고 아버지는 피가 마를 정도로 힘들어하고 있는 상태였다.

그러던 어느 날. 단지 내 벤치에 앉아서 골똘히 생각하고 있는 내게 유미 씨가 다가와서 먼저 말을 건넸다.

"무슨 생각을 그렇게 골똘히 하세요?"

"아…, 유미 씨. 아닙니다. 그냥 멍하니 있었어요."

"단풍이 너무 아름답죠?"

"네, 그러네요. 유미 씨도 한국생활이 조금 있으면 2년이 되어가네요?"

"네, 5개월만 있으면 2년이에요."

"일본에 한 번도 못 갔는데 가고 싶지는 않으세요?"

"처음에는 일본 음식도 생각나고 친구들도 보고 싶고 해서 가고 싶기는 했는데, 이제는 그다지 생각도 안 나고 그러네요."

"유미 씨도 이제 한국생활에 적응한 거예요."

유미 씨는 웃으며 그런 것 같다고 말했다.

"일본 음식 중에는 뭐가 제일 드시고 싶으세요?"

"짱꼬나베요."

"짱꼬나베가 뭐죠?"

"일본의 스모선수들이 먹는 찌개인데 정말 맛있어요."

"앗!"

"왜요, 사장님?"

"저도 텔레비전에서 몇 번 봤는데 이것저것 막 집어넣어서 먹는 섞어찌개던데요!"

"맞아요, 사장님. 온갖 야채를 넣고 소고기도 넣고 얼마나 영양가가 많은데요. 최고예요. 특히 그 국물 맛은 너무 고소해요! 아, 생각했더니 먹고 싶네요."

그때 나는 그다지 동감한다는 표정이 아니고 오히려 약간 찌푸린 얼굴을 했다.

"유미 씨 의외로 독특하시네요. 허허."

"독특하다니요. 개고기를 먹는 한국 여자들보단 낫다고요. 얼마 전에 영양탕이라고 있길래 모르고 시켰는데 글쎄 안에 뭐가 들어가냐고 물어봤더니 아주머니가 하시는 말씀이 '영양탕 안에 뭐가 들어가겠수. 당연히 멍멍이가 들어가지' 그러시는 거예요. 그래서 '에이, 아주머니. 저 놀리시려고 그러시는 거죠?' 했더니 아주머니가 대뜸 '아니, 이 아가씨가 바빠 죽겠는데 아가씨랑 농담하게 생겼어?' 그러면서 버럭 화를 내시는 거 있죠! 그래서 전 장난이 아니라는 것을 깨닫고 그 자리에서 다 토했단 말예요."

이 말을 들은 나는 유미 씨가 귀여워서 푸하하하 웃고 말았다. 유미 씨는 왜 웃냐며 어리둥절했다.

"차라리 곰이 들어가니까 곰탕이라고 표기하는 것처럼 영양탕도 개탕이라고 했으면 제가 시키지 않았을 텐데 안 그래요, 사장님?"

나는 더욱 크게 웃을 수밖에 없었다.

"하하하하! 뭐라고요? 곰이요?"

"왜요? 곰탕에는 곰이 들어가는 거 아닌가요? 웃지만 말고 말해주세요. 사장~님."

나는 이번 토요일에 곰탕을 먹으러 가자며 곰탕에 곰이 들어가는지 직접 확인시켜준다고 했고 유미 씨도 좋아했다. 그렇게 한바탕 웃고 있는데 한 통의 전화가 왔다.

"여보세요."

―사장님, 김 대리입니다.

"그래, 김 대리. 무슨 일인가?"

―알메이츠병을 앓고 있다는 사람에게 연락이 왔습니다.

"정말이야? 그럼 만나서 상세한 이야기를 하자고 하지."

―네. 그렇지 않아도 내일 직접 단지로 오기로 했습니다.

"남자 분인가, 아니면 여자 분인가?"

―50대 초반의 남자 분이고 서울에서 오신다고 합니다.

"그래, 알겠네. 나 지금 단지 내 벤치에 있어. 사무실로 지금 들어갈게."

―네, 사장님. 알겠습니다.

전화를 끊자 유미 씨가 물었다.

"환자분을 찾았나요?"

"네. 내일 단지로 직접 오기로 했으니 내일 만나봐야 할 것 같아요."

"정말 잘 됐네요!"

"이제 연구의 결과를 알아볼 수가 있겠어요."

"그러게요. 정말 힘든 일 년 반이었어요!"

"네. 그 고생의 결실을 맺어야죠. 많이들 고생했는데."

"잘됐으면 좋겠어요, 사장님."

"잘될 겁니다."

다음 날, 알메이츠병을 앓고 있다는 50대 초반의 남자가 갈색 정장을 입고 찾아왔다. 사무실에는 연구팀과 아버지가 알메이츠병을 앓고 있다는 사람이 오면 상세한 이야기를 나누려고 기다리고 있었고 남자가 나타나자 이야기가 시작되었다. 우선 내가 물었다.

"거두절미 하고 본론을 말씀드리겠습니다. 우선 무엇 때문에 오신 건지는 잘 알고 있으시죠?"

"네, 잘 알고 있습니다."

"본인이 알메이츠병을 앓고 있다는 것을 언제부터 알고 있었나요?"

"군대 갔다 와서 부터니까 한 30년 된 것 같습니다."

"현재 무슨 일을 하고 계시나요?"

"지금은 무직입니다."

"그럼 전에는 무슨 일을 하셨나요?"

"목수팀장으로 내장 인테리어를 했습니다."

"혹시 알메이츠병 때문에 일을 그만두신 건가요?"

남자는 오른손을 보이며 일을 하던 도중 증상이 나타나 손가락 네 개가 절단됐다며 손을 보였다. 정말 엄지손가락을 제외한 네 개의 손가락이 없었다.

"그래서 일을 그만두고 편의점을 하다가 그것마저 잘 안 되서 지금은 쉬고 있어요."

나는 다시 물었다.

"증상은 얼마나 자주 일어나죠?"

"전에는 두 달에 한 번 정도 일어났는데 최근에는 한 달에 한 번 정도입니다."

"증상이 일어나면 얼마나 오래갑니까?"

"그때그때 다른데 짧을 때는 5분에서 10분, 좀 길다고 느껴질 때는 1시간도 갑니다."

"그럴 때마다 가족분이 도와주시나요?"

"예전에는 그랬습니다만, 지금은 혼자라서 그냥 이러다 언젠가 죽겠구나 하고 포기하고 삽니다."

"그럼 혼자 지내시나요?"

"네. 증상이 자주 나타나니까 아내가 집을 나갔습니다."

"자제 분들은 없으신가요?"

"딸이 하나 있는데 아내가 데려가고 저 혼잡니다."

"알메이츠병이라는 것은 언제 알게 되셨죠?"

"아까 말씀드렸듯이 군대 갔다 와서부터 증상이 일어났고요. 그 이전에는 증상이 없었습니다."

"그럼 군대 제대 후부터군요?"

"네, 그렇습니다."

"그런데 알메이츠병은 후천성으로 생기는 병이 아니라서 조금 이상하네요. 아직까지 밝혀진 것으로는 유전적인 요소로 인해 태어날 때부터 선천적으로 발병되는 것이 알메이츠병이거든요."

"네. 아주 어릴 적의 기억은 잘 나지 않지만 학창시절에는 증상이 없었습니다. 제 기억으로는 그렇습니다."

"선생님 기억으로 없었으면 없었던 게 맞겠죠. 그럼 마지막으로 증상이 나타난 건 언제인가요?"

"어제 저녁이었습니다."

"어제 저녁이요?"

"네, 맞습니다."

"구체적으로 증상이 어땠습니까?"

"매번 비슷하지만 갑자기 무기력해지더니 하늘이 노랗고 온몸에 힘이 빠져서 그 자리에 주저앉아버렸습니다."

"몸은 움직일 수 있으셨나요?"

"아니오. 의식은 있었지만 몸은 전혀 말을 듣지 않았습니다."

"몸이 어디 아프거나 특별히 이상이 있지는 않으셨나요?"

"아니오. 전혀 없었습니다."

"증상은 얼마나 오래 지속되었습니까?"

"언제부턴가 쓰러지면 시계를 보는 습관이 생겨서 시간을 봤는데 깨어나서 다시 시간을 보니 40분 정도 지났었습니다."

"증상이 풀리면 정상적인 상태로 돌아오나요?"

"네. 앉아서 잠시 심호흡을 하고 그리곤 일어납니다."

"그 후에 뭔가 머리가 어지럽다거나 아프지는 않습니까?"

"네. 그런 증상은 없습니다."

"그럼 마지막으로, 이 증상이 알메이츠병이라는 것은 어떻게 알게 되었습니까?"

"병원에 가서 알메이츠병이라는 것을 알게 되었습니다."

"마지막으로 언제 병원에 가셨나요?"

"네, 한 달 전에 갔다 왔습니다."

"혹시 소견서 갖고 계신가요?"

"네, 갖고 있습니다."

"좀 볼 수 있을까요?"

"여기 있습니다."

남자는 대성대학병원에서 발급받은 소견서를 보여주었다.

알메이츠(선천성 만성 무기력 증후군)

※의사소견

현재 치료약이 없는 관계로 치유 불가능. 진세노사이드 성분의 함유량이 많은 삼을 많이 복용하고 안정이 필요함.

나는 소견서를 자세히 읽어 보고는 알메이츠병이 맞다고 판단했고 연구팀도 이에 별다른 이의를 제기하지 않았다. 그래서 남자에게 잠시만 기다리라고 했고 연구팀과 최종 결정을 보기로 했다.

나는 스탠퍼드 박사에게 대성대학병원이면 우리나라에서도 손에 꼽는 대학병원이고 증상도 일치하는 것 같으니 이 남자 분과 임상실험을 하는 것이 어떻겠냐고 물었다. 스탠퍼드 박사는 물론 연구팀은 전원 의견을 같이 했고 남자와의 계약을 마무리 짓는 일만 남기고 있었다. 잠시 후 결정을 본 나와 연구팀은 남자에게 말했다.

"임상실험에 들어갈 경우 정식절차에 의해 계약을 해야 합니다."

남자가 말했다.

"계약을 하기 전에 신문광고에 나와 있던 조건을 몇 가지 여쭤보고 싶습니다. 우선 임상실험에 들어가면 숙식 그리고 모든 생활 부대비용 일체를 연구팀에서 지불한다고 되어 있는데 맞습니까?"

"네, 맞습니다."

"그리고 월 고정으로 5백만 원을 지급한다고 되어 있고 실험이 성공하면 일시불로 3억 원을 최종 지급한다고 알고 있습니다만, 맞나요?"

"네, 맞습니다. 동의서와 계약서에 모든 내용이 있으니 참조하시면 됩니다."

그러자 남자가 덧붙였다.

"저는 월 5백만 원의 고정급을 일시불로 1년 치를 받고 싶습니다. 그 전에 연구가 끝나도 환불을 요구하지 않는다는 조건으로 말입니다. 만약 이 조건이 성립되지 않으면 임상실험에 응하지 않겠습니다. 그리고 매주 일요일은 외출을 허락하는 조건도 포함해서요."

나는 그 자리에서 조건을 들어 주었고 당장 내일부터 임상실험에 들어가기로 결정했다. 더 이상 기다릴 시간적 여유가 없었고 이 사람도 너무 힘들게 찾은 환자라서 만약 이 남자를 놓친다면 언제 또 기회가 올지는 아무도 알 수 없었기 때문이었다. 그렇게 모든 계약을 마치고 나는 마련해 둔 특별 병동으로 남자를 데리고 가서 직접 환자실과 숙소를 안내했으며 앞으로 편하게 지내라고 이야기하고 병동에서 나왔다.

다음 날 나와 연구팀은 마지막 미팅을 마치고 환자가 증상이 일어나는 날을 기준으로 실험에 들어가기로 했다.

그리고 보름이 지나고 또 한 달이 지났다. 환자에게서 아무런 증상도 발견할 수 없었는데 최근에는 한 달 혹은 두 달에 한 번 증상이 나타나기도 한다니까 조금 더 참고 기다려 보기로 했다.

두 달 하고도 3일이 지난 어느 날 환자에게서 증상이 나타났고 연구팀은 비상이 걸렸다. 남자는 화장실을 간다며 가다가 갑자기 가던 길을 멈추더니 그 자리에 주저앉았고 이윽고 쓰러졌다. 연구팀은 남자를 병동 실험실로 옮겼으며 남자의 이름을 부르며 질문했다.

"강창호 씨, 내 말 들리나요?"

환자는 어디를 보고 있는지 모를 정도로 눈빛에 초점이 없었지만 질문에 대답을 했다.

"들려요."

"팔을 들어 보세요."

"팔이 움직이지 않습니다."

"그럼 옆으로 한번 굴러 보시겠어요?"

그러자 환자가 옆으로 구르려고 안간힘을 써 보지만 움직이지 않았다.

"혹시 숨쉬기가 힘듭니까?"

"아니오, 괜찮습니다. 몸이 의지대로 움직이지 않을 뿐입니다."

"알겠습니다. 움직이려 하지 마시고 증상이 풀렸다고 생각이 되면 왼손을 들어주세요."

“네, 알겠습니다.”

그렇게 20분이 지나고 남자는 심호흡을 한번 하더니 왼손을 슬그머니 들었다. 그리고는 천천히 자리에서 일어나 한참을 멍하니 있었고 연구진은 다시 질문했다.

“몸이 원상태로 돌아왔나요?”

“네, 돌아왔습니다.”

“항상 원상태로 돌아오면 바로 다시 일상생활이 가능한가요?”

계속되는 연구진의 질문에 남자는 그렇다고 답하고는 화장실에 가야겠다며 밖으로 나갔다.

이렇듯 확연한 알메이츠병 증상이 있었고 연구진은 남자의 첫 증상에 상당히 좋은 반응을 보였다. 아버지와 연구팀은 다시 회의에 들어갔고 내일부터 연구팀이 개발해서 만든 백신을 환자에게 이틀에 걸쳐 한 번씩 투여를 하고 남자의 반응과 상황을 시간별로 관찰하기로 했다.

나의 마음속은 기대와 걱정이 공존했고 뭐라 표현할 수 없을 정도로 진지했다. 이제 4개월이 채 남지 않았다는 생각에 조급해졌다. 그런데 환자의 증상이 일어났고 드디어 내일부터 실질적인 임상실험에 들어간다. 얼마나 기다렸던 순간인가!

그렇게 남자에게 이틀에 한 번씩 계속 백신을 투여했고 한 달이 지나도 증상은 일어나지 않았다. 연구팀은 증상이 두 달이 지나서도 나타나기 때문에 좀 더 지켜봐야만 했고 조심스럽게 계속 임상실험은 진행되었다.

그리고 한 달 후. 환자에게 아무런 증상이 없었다. 연구팀은 그래도 단정 지으면 안 된다며 조금만 더 기다려 보자고 했다.

그렇게 보름이 더 지났다. 환자에게 알메이츠병 증상은 더 이상 나타나지 않아서 다들 너무나 좋아하고 드디어 연구가 성공하는 듯했는데 환자가 증상을 보였고 또 다시 쓰러졌다.

연구팀은 다시 환자에게 신경을 집중했고 혈압과 맥박 그리고 체온을 재고 있었다, 그때 연구팀이 아닌 간호사가 환자의 혈압을 잰다고 팔을 걷어붙일 때 남자가 살짝 반응을 했는데 아무도 느끼지 못했다.

그때 나는 그 장면을 정확히 목격했고 간호사에게 주사기를 달라고 해서 갑자기 환자의 허벅지에 푹 찔러버렸다. 그러자 환자가 "아야!" 하며 벌떡 일어났다. 연구팀은 다들 놀라 모두의 시선이 주목됐고 나는 이글거리는 눈빛으로 말했다.

"강창호 씨, 연극은 이제 끝났습니다."

그리고 사무실 직원에게 경찰에 연락하라고 지시하자 환자가 갑자기 무릎을 꿇더니 고개를 숙였다.

"죄송합니다! 한 번만 용서해 주세요. 죽을죄를 지었습니다. 제발 경찰에 연락만 하지 말아 주세요. 받은 것은 다시 다 돌려 드릴게요. 제발요!"

나는 왜 그랬는지 이유라도 들어보자며 그에게 말할 기회를 주었다. 알메이츠병 환자가 아닐 경우에는 백신에 살모사 독이 들어가 있으므로 죽을 수도 있다. 아무리 돈이 좋다고는 하지만 죽은 후에 돈이 무슨 소용이 있으며 그렇게 어리석은 사람은 세상에 없기 때문에 이유를 듣고 싶었다.

50대 남자 강창호 씨는 상기된 얼굴로 말문을 열기 시작했다.

"저는 돈은 많지 않지만 실내 인테리어를 하는 목수팀장으로 열심히 일했고 사랑하는 부인과 그 사이에서 딸도 하나 있었습니다.

하루는 어느 날과 마찬가지로 저를 포함한 세 명의 목수들이 인테리어를 하기 위해 목공작업을 하고 있었습니다. 그런데 그중 젊은 목수 하나가 전날 술을 좀 과하게 먹었는데 평소에 빈혈기가 좀 있던 친구였습니다.

한여름에 작은 실내에서 작업을 하다 보니 작업장 안은 상당히 더웠고 술까지 먹어서 취기가 덜 깬 이 친구는 갑자기 현기증이 났는지 사다리 위에서 천장 작업을 하다 밑으로 떨어지고 말았습니다. 그때 마침 밑에서 전기톱으로 절단 작업하던 제 위에 떨어졌고 그 짧은 순간에 제 오른손의 손가락 네 개가 절단이 돼버렸습니다."

"요즘엔 봉합수술이 상당히 발달해서 48시간 안에만 가져가면 거의 90% 이상 원상태로 돌릴 수 있는데, 어쩌다가…."

"맞습니다. 그러나 작업장이 강원도 깊은 산골에 펜션이어서 병원까지는 거리가 멀었고 마침 공휴일이라 강원도 시내의 큰 병원 응급실로 가지 않으면 안됐습니다.

그런데 엎친 데 덮친다고 작업차량이 배터리가 방전되어 차가 움직이지 않아서 외부차를 불러야 했는데 한여름이라 절단된 손가락이 오그라들고 있었습니다. 그것을 본 한 친구가 그대로 두면 손가락을 가져가도 수술이 힘들 것이라면서 알코올에 넣어 놔야 된다며 알코올을 찾았지만 그런 게 있을 리 없었습니다. 그래서 전날 마시던 소주에 손가락을 담가 놓고 계속해서 외부에서 오는 차량을 기다렸어요.

그렇게 손가락은 소주에 담가 놓고 손은 지혈해서 무려 다섯 시간이나 기다려서 차를 타고 시내 병원으로 갔는데 자기네 병원은 힘들다며 더 큰 병원으로 가라고 해서 결국 속초시까지 갔습니다.

가니까 밤이고 공휴일이라 간단한 소독만 하고 다음 날 수술에 들어가려고 보니 손가락을 소주에 담가놔서 신경이 죄다 죽어버린 겁니다. 그런 상태에서 봉합을 하면 염증이 생겨 오히려 손까지 잘라야 한다며 수술에 들어가지 못하고 그냥 꿰매고 말았죠.

그 후로 저는 일도 할 수가 없었고 매일같이 술만 마시고 심지어는 마누라를 두들겨 패곤 했어요. 마누라는 참다못해 애를 데리고 집을 나갔고 그제야 정신이 들어 모아놓았던 돈으로 고향 선배가 하던 편의점을 인수하고 내부공사를 시작했습니다.

그런데 갑자기 건물 주인이라는 사람이 나타나더니 보름 있으면 재건축 들어가는데 뭐하는 거냐고 묻길래 인수했다고 했더니 기존의 임차인은 임대기간이 보름도 안 남았고 임대료도 못 내서 보증금도 하나도 남지 않은 상태라고 말하더군요. 사기를 당한 겁니다. 저와 절친한 고향 선배였는데 수소문하니 미국으로 이민을 갔고 찾을 길이 없었습니다.

모은 돈을 다 잃고 저는 서울역에서 노숙생활을 하기 시작했고 정부에서 주는 무료급식 한 끼로 겨우 목숨만 연명을 하고 있었습니다. 거기서 친한 동료 한 명이 생겼는데 약간 정신이 이상한 녀석이었지만 그래도 워낙 착해서 금방 친해지고 서로 말벗이 되며 잘 지냈는데 녀석이 매일 자기 무시하지 말라면서 자기 동생은 의사인데 내가 신세지기 싫어서 그냥 이러고 산다며 중얼거리더라고요.

그러던 어느 날 우연히 신문을 봤는데 알메이츠병 환자를 급하게 찾고 있었고 돈도 상당히 많이 주는 거예요. 이거다 싶었죠. 어차피 이대로 사람답지 못하게 사느니 죽으면 죽고 재수 좋으면 다시 시작할 수 있는 기회라 생각하고 환자로 나서기로 마음을 먹었습니다.

그래서 녀석에게 정말 동생이 의사냐고 진지하게 물었고 정 못 믿으면 만나러 가자는 거였습니다. 그래서 이런 행색으론 힘들고 좀 그럴싸하게 하고 가자고 계획을 세웠습니다.

우선 돈이 필요했어요. 옷과 신발도 사야 하고 이왕이면 멋있는 신사복에 넥타이도 메고 뭔가 있어 보이는 사람처럼 행세해야 했으니까요. 그래서 서울역에서 술 먹고 비틀거리는 사람들을 도와주는 척하며 혹은 택시를 잡아주는 척하며 지갑을 훔쳤습니다. 그 돈으로 사우나에 가서 깨끗이 씻고 옷도 사고 녀석의 동생을 만나러 갔는데 녀석의 친동생이 아니고 사촌동생이더라고요. 게다가 의사도 아니고 원무과에서 일하는 직원이었어요.

그래서 그 동생에게 이야기했더니 반응이 상당히 좋았고 원무과장이 학교 선배라며 자기 선배인 원무과장에게 이야기를 했던 거죠. 그렇게 해서 의사소견서를 받을 수 있었습니다.

그리고 알메이츠병에 대해서 조사했고 며칠이고 연습한 후에 이곳에 왔는데 예상대로 잘 됐던 겁니다. 정말 죄송합니다."

나는 이야기를 다 듣고 사무실 직원에게 경찰이 오면 해결됐다고 돌려보내고 남자를 보내라고 했다.

"사장님, 1년간 선금으로 준 6천만 원은 어쩌시려고요?"

"그것도 됐어. 강창호 씨, 당신에게 준 돈은 돌려받지 않을 테니 다시는 이런 짓 하지 말고 두 번 다시는 나타나지 마시오."

나는 남자를 그렇게 돌려보냈고 연구팀과 다시 회의에 들어갔다. 이제 어떻게 하면 좋을지 난감했고 연구팀도 모두 힘이 쭉 빠져서 어깨가 쳐져있었다. 나는 더 이상 환자를 찾지 못한다면 어쩔 수 없이 어머니에게 직접 투여할 수밖에 없다고 판단하고 연구팀에게 최종 발표를 했다.

"이제 두 달도 남지 않았습니다. 한 달 동안 환자를 찾지 못하면 어머니에게 제가 직접 투여할 것입니다. 그렇게 알고 계세요."

연구팀은 다들 아무 말이 없었고 조용했다. 그때 유미 씨가 말했다.

"그런데, 사장님."

"네, 유미 씨. 말씀하세요."

"어떻게 강창호 씨가 가짜 환자라는 것을 아셨나요?"

나는 잠깐 생각을 한 뒤 대답했다.

"아, 그다지 어렵지 않았어요. 간호사가 강창호 씨의 혈압을 잴 때 간호사의 가슴에 있는 옷핀이 강창호 씨의 팔을 찔렀던 것 같아요. 이때 강창호 씨의 팔이 움직이는 것을 보았죠. 그래서 혹시나 해서 주사기로 강창호 씨의 허벅지를 찔러봤는데 벌떡 일어나더라고요."

유미 씨는 "아, 그랬군요." 하며 감탄했고 연구팀도 다들 놀라워했다.

그렇게 회의는 끝났고 나는 회의실에서 개인 사무실로 들어가서 다시 생각에 잠겼다.

어머니에게 직접 백신을 투여한다는 것은 모험이었다. 살모사의 독 때문에 생명이 위험할 수도 있는데 진행하겠다는 것은 강창호 씨에게 두 달을 투여했는데도 살모사의 독이 아무런 문제가 되지 않았기 때문에 내린 결단이었다. 하지만 아버지가 반대할 것이 분명하고 어떻게 설득해야 할지 고민이었다. 그렇게 저녁이 되어 부모님과 같이 저녁을 먹으면서 이야기를 꺼냈는데 말이 나오자마자 아버지가 말씀하셨다.

"그 이야기는 그만하자. 아직 완전한 치료약이 아니잖니? 네 엄마에게 무작정 투여할 수는 없다."

"아버지, 연구실에서 생긴 일을 아버지도 알고 계시죠?"

"그래, 나도 들어서 알고 있다."

"물론 강창호 씨가 알메이츠병 환자는 아니었지만 백신을 투여해도 살모사 독으로 인한 피해는 전혀 없었습니다."

"좀 더 확실한 백신을 개발해서 그때 네 엄마에게 투여하는 것은 어떠냐?"

"시간이 없어요, 아버지!"

"자꾸 무슨 시간이 없단 말이냐? 또 그 사주 이야기냐? 너도 답답하다. 사람이 어떻게 그 사주대로만 사냐? 그럼 세상 모든 사람이 사주대로 사는 거냐?"

"아버지, 몇 번이나 말씀드렸잖아요. 다시 말씀드릴게요. 제가 어릴 때 소가 저를 죽을 고비에서 여러 번 살려준 것은 그냥 우연히 아니에요. 제 사주에 자子가 있어서 축丑인 소하고 자축子丑 합合이 이루어져 있어요. 그래서 소가 저를 번번이 도와준 겁니다."

아버지는 인상을 쓰며 사주 이야기는 더 이상 듣고 싶지 않다고 하셨다. 그때 어머니가 말씀하셨다.

"여보, 할게요."

"아니, 당신 왜 그래, 도대체?"

"내가 살아봐야 앞으로 얼마나 더 살겠어요. 난 영이 찾은 것만으로도 만족하고 지금 죽어도 솔직히 여한이 없어요. 영이가 나 때문에 너무 고생하는 것도 못 보겠고 전 영이 말을 믿어요. 사주에 그렇게 나와 있었으니 영이도 만난 거 아닌가요? 그렇지 않으면 무슨 드라마도 아니고 여지 껏 있었던 일을 어떻게 설명할 수 있어요. 하나부터 열까지 상식적으로 맞는 것이 단 하나라도 있었나요? 그렇다고 기적이라고 해야 하나요? 전 영이가 말하는 사주가 사람과 밀접한 관계가 있다고 생각해요. 그리고 꼭 안 좋은 생각만 할 필요는 없잖아요! 병이 나을 수도 있는 것인데 왜 꼭 부정적으로만 해석해요?"

"여보. 당신은 지금 영이가 너무 당신 때문에 고생을 하니까 그래서 그냥 한다는 거잖아? 더 기다려도 아무 일도 없어 큰일이 일어나는 게 아니라고."

"아뇨, 여보. 내 몸은 내가 알아요. 당신이 걱정할까 봐서 이야기 하지 않았지만 저 많이 힘들어요. 지푸라기라도 잡고 싶어요. 그냥 백신 투여할래요."

"당신이 정 원한다면 내가 어떻게 말리겠소."

그렇게 이야기하며 아버지는 먼저 일어나셨다. 나는 어머니를 보며 말했다.

"어머니, 반드시 치유할 수 있어요. 저를 믿어주세요. 꼭 어머니를 완치시켜 드릴게요."

"영이야, 너무 부담 갖지 마라. 엄마는 너만 있으면 되고 진정으로 여한이 없다."

어머니는 그렇게 말씀하시며 눈물을 흘리셨다.

다음 날 아침 텔레비전을 틀고 뉴스를 보다 귀가 쫑긋했다.

"어젯밤 청양 영천교 다리에서 투신자살을 한 것으로 보이는 신원이 밝혀지지 않은 50대 남자가 발견되었습니다. 남자는 오른손 손가락 네 개가 절단되었고 뚜렷한 사인死因은 아직 밝혀지지 않았으나 타살일 가능성도 있어 경찰이 좀 더 수사를 해야 될 것으로 보입니다. JTS 김한성입니다."

나는 텔레비전 끄고 그 남자를 잠깐 생각했다.

'불쌍한 사람이군.'

그리고 점심이 지나서 경찰이 찾아왔다.

"어떻게 오셨습니까?"

"네, 실례합니다. 청양경찰서에서 나왔습니다. 어제 50대 남자가 영천교 밑에서 사체로 발견됐는데 마지막 발견된 곳이 이 부근이라서 알아봤더니 여기서 임상실험을 하던 환자로 밝혀졌습니다."

아버지는 모든 것을 다 이야기하고 경찰은 감사하다며 돌아갔지만 다시 한 번 허무함이 느껴졌다.

그렇게 한 달 후

"이제 한 달밖에 시간이 없어. 김 과장, 알메이츠병 환자 소식은?"

"아직 없습니다, 사장님."

"해외에도 알아보라고 한 건 어떻게 됐어?"

"해외에도 전력을 다해 알아보고 있는데 소식이 아직 없습니다."

"오늘 당장 뉴욕타임스에 광고를 내도록 해."

"네, 알겠습니다."

"그리고 대한의사협회 임 회장님에게 연락해서 미팅 좀 잡아."

"네, 사장님."

"나는 연구팀과 미팅을 좀 할 예정이니까 중요한 일 있으면 연락하고."

그렇게 나는 연구팀이 있는 연구실로 향했고 연구실로 들어가는 순간 금방 김 과장에게 연락이 왔다.

"어, 김 과장. 왜 할 말이라도 있나?"

–사장님 나가시고 조금 전에 천종삼을 대주는 대한천종삼협회에서 연락이 왔습니다.

"그래, 무슨 일인데?"

–이제 천종삼을 더 이상 조달하기 힘들 것 같다고 합니다.

"무슨 말이야?"

—사장님도 잘 아시다시피 국내의 천종삼은 저희가 죄다 쓸어가고 바닥이 나 있는 상황입니다. 그래서 캐나다로 심마니들을 파견 보내 어렵게 천종삼을 구하고 있었는데 캐나다 당국에서 천종삼 방출을 전면 금지한다고 발표했다고 합니다.

"시행이 언제부터야?"

—바로 시행된다고 합니다.

"그럼 중국 쪽은?"

—중국은 100뿌리를 받아 왔는데 두 뿌리만 진짜였고 다 가짜여서 거래를 중지한 상태입니다. 게다가 중국에서 오는 물건은 상태가 아주 안 좋습니다.

"앞으로 쓸 것은 얼마나 있어?"

—거의 바닥입니다.

"뭐야? 왜 그것을 이제야 말해? 최소한 20일 정도 투여할 분은 있어야 해. 현재 연구팀이 보유하고 있는 일주일 분과 남은 분량을 합치면 얼마나 되나?"

—그래도 20일 분량이 되지 않습니다.

"이 지경이 되도록 뭘 하고 있었어?"

—그게 예정대로라면 캐나다에서 오늘 들어오기로 한 날입니다. 이렇게 될 줄 꿈에도 몰랐습니다.

"신문, 텔레비전, 케이블까지 모든 매체 다 이용해서 광고 내보내고 기존의 열 배의 가격을 준다고 해."

—네, 사장님.

"만약 이번 주까지 수량 확보가 안 되면 큰일이야."

그러나 일주일이 지나도 천종삼 한 뿌리도 확보하지 못하자 나는 전체 회의를 열었고 직접 천종삼 채취를 하러 일주일 동안 산에 갔다 오겠다고 했으며 그동안 어머니에게 백신 투여를 실시하라고 지시를 내렸다.

그 날 아침 나는 아버지와 어머니에게 말씀드렸다.

"어머니, 오늘부터 저는 산에 천종삼 채취를 하러 직접 올라갑니다. 어머니는 백신을 맞고 안정을 취하고 계세요. 절대 아무런 이상도 없을 거에요. 그리고 반드시 나을 겁니다. 끝까지 희망을 버리시면 안 됩니다. 어머니, 제 말 아시겠죠?"

"그래, 알겠다, 영이야. 걱정하지 마라. 네가 시키는 대로 하마."

그렇게 어머니를 특수 병동으로 옮기고 나는 홀로 산에 갈 준비를 하고 지리산으로 떠났다.

7년 만에 돌아 온 산, 산새가 많이 험했고 왠지 모르게 지형이 많이 바뀌어 있었다. 그래, 세상이 바뀌는데 산이라고 그대로 있을 리가 없지. 나는 우선 지도를 펼쳤고 뱀사골로 해서 반야봉과 토끼봉을 중점으로 찾을 계획이었는데 천종삼은 보통 산의 4부 능선쯤에 자리를 잡고 있기 때문에 그리 높이 올라갈 필요가 없었지만 지리산은 산이 워낙 높고 산새가 험해서 쉽지가 않았다.

오전 내내 등산로가 아닌 산 숲을 다 뒤졌지만 아무 성과가 없었다. 물론 금방 천종삼을 찾을 것이라고 생각은 안했지만 그 흔한 더

덕 한 뿌리 보지 못했으니 온몸에 힘이 빠지고 나른했다.

너무나 허기져서 하늘이 노랗게 보여서 점심을 먹고 다시 이동하기로 마음먹고 그 자리에 앉아서 군대에서 먹는 전투식량과 비슷한 비상식량을 꺼내 버너에 물을 올렸다. 예전에는 구하기 힘들었는데 요즘은 사람들이 산을 많이 찾기 때문에 간편한 비상식량이 많이 나와서 일주일 분을 준비했다.

점심을 먹고 다시 힘을 내서 지리산 일대를 뒤지기 시작했고 따가운 햇살에 살갗이 검붉게 타 들어가고 있었다. 그러다 삼 한 뿌리를 발견했고 "심봤다!"를 크게 외쳤다. 삼을 찾으러 다니는 심마니들에게도 룰은 있는 법이다. 삼을 보면 먼저 "심봤다!"를 크게 외쳐야 하고 그러면 그 주변의 심마니들이 그 자리에서 한 5분간 움직이지 않고 "심봤다!"를 외친 심마니가 삼을 다 채취할 때까지 기다려주는 것이 이 계통의 법칙이다.

삼을 열심히 캤는데 이제 고작 15년 정도 된 산양삼山養參이었다. 산양삼은 사람이 인위적으로 산삼의 씨앗을 뿌려 자연에서 스스로 자라게 만드는 삼의 일종이다. 하지만 천지개벽에 의해서 저절로 태어나 사람 손을 거치지 않은 천종삼에 비하면 너무나 효능이 떨어진다.

순간 좋았었는데 빙그레 웃으며 다시 그 자리에 묻고 잠깐 앉아서 물 한 모금을 마시며 갈증을 해소시켰다. 그리고 다시 능선을 따라 걷기 시작했는데 20분 정도 지나서 전화가 한 통 왔다.

— 여보세요. 사장님, 김 과장입니다.

"그래, 어머니에게 백신을 투여했나?"

—네. 지금 막 백신을 투여하고 다시 안정을 취하고 계십니다.

"상태는 어떠신가?"

—편안해 하십니다.

"별다른 증상은 없고?"

—네, 없습니다. 사장님, 잠시만요. 스탠퍼드 박사님이 통화를 하시겠다고 합니다.

"그래 알았어. 바꿔줘."

—안녕하십니까. 스탠퍼드입니다.

"네, 박사님."

—백신 투여를 금방 마쳤습니다. 혈압 맥박 다 정상이고요. 심전도까지 체크 완료했습니다. 아무 이상 없습니다.

"수고하셨습니다, 박사님."

—계속 주의 깊게 살펴보고 다시 연락드리겠습니다.

"네, 박사님. 계속 부탁드립니다."

—저 김 과장입니다. 특별히 지시하실 말씀 있으시면 말씀해 주십시오.

"아냐. 특별히 지시할 것은 없고 해외에서 천종삼 연락은 있었나?"

—아직 소식이 없습니다.

"그래, 알았네. 내가 열심히 찾고 있으니까 찾는 대로 돌아갈게. 수시로 연락해."

—알겠습니다. 사장님.

찾는 대로 돌아간다고 말은 했지만 알 수 없는 것이고 첫날인데도 너무 힘이 들었다. 그나마 산에서 자란 산놈이라 다행이지 일반인은 하지도 못하는 일이며 천종삼을 찾는다는 것은 사막에서 바늘 찾는 것보다 힘든 일이었다. 하지만 이를 악물고 정신없이 능선과 숲속을 헤집고 다녔으며 온 산을 구석구석 다 뒤졌다.

그렇게 하루가 지나 저녁이 왔다. 계곡 옆에 텐트를 쳤고 한여름이었지만 지리산 숲속은 너무 추워 오리털 점퍼를 입어야 했고 침낭 안에 쏙 들어갔는데도 땅밑의 한기寒氣는 어쩔 수 없었다. 잠이 오지 않고 몸이 으슬으슬해서 버너에 물을 올리고 커피를 한잔 마시려고 일어났다. 어떻게든 어머니를 살려야 한다. 그런 생각뿐 아무것도 머리에 들어오지 않았으며 가슴이 터질 것만 같았고 그러다 순간 잠이 들었는데 다음 날 아침이었다.

새 소리에 눈을 떠보니 아침이 왔고 일어나려고 했지만 밤새 몽둥이로 맞은 사람처럼 몸이 움직여지지 않아서 한참을 누워 있다 겨우 일어나서 텐트 안에서 나와 하늘을 보니 화창한 지리산의 자태가 한눈에 들어왔다. 얼음물 같은 지리산 계곡물에 세수를 하고 비상식량으로 아침을 간단하게 먹은 후 다시 천종삼을 찾으러 길을 재촉해서 나섰다.

그렇게 삼일을 지리산에서 보냈지만 아무런 수확이 없었고 몸은 피곤에 찌들어 있었으며 3일 동안 수염을 안 깎으니 에베레스트 등반대원의 모습처럼 수염이 덥수룩해졌다.

3일째 저녁을 다시 비상식량을 먹으면서 산을 옮기기로 마음을 먹었고 목적지는 계룡산으로 정했다. 계룡산은 많은 산중에서 영험하기로 유명한 산이며 그래서 많은 사람들이 그 산에서 득도를 하고 영감을 얻어 가는 그런 곳이었다. 왠지 계룡산에 가면 천종삼을 구할 수 있을 것 같은 느낌을 받았다. 그렇게 계룡산에 도착하자 비가 억수 같이 쏟아져서 잠시 산장에 비를 피하고 있었다.

그러다 그새 잠이 들었는데 꿈속에 주지 스님이 나타나셨다.

"영일아."

"아, 스님."

"이 녀석아! 왜 여기서 시간을 낭비하는 게야?"

"스님, 어쩐 일로 여기에…."

"어쩐 일은, 인석아…. 네가 보고 싶어서 왔다. 여기서 이러지 말고 나와 청양산에 가자. 어서 따라 오너라."

"스님, 잠시만요…! 스님, 스님!" 하다가 잠에서 깼다.

그렇다. 바로 청양산이었다. 나는 다시 산 입구로 내려가 차를 몰고 청양산으로 달렸다.

'그래 바로 집 앞이야. 등잔 밑이 어둡다고 집 앞에 놔두고 엉뚱한 데서 찾고 있었어.'

청양산 일대를 밑에서부터 위로 천천히 훑어 올라가기 시작했는데 금방이라도 나올 것 같던 천종삼은 눈 씻고 봐도 없었다. 청양산은 어릴 때부터 놀던 곳이라 누구보다 훤히 알고 있던 나였다. 하지만 산을 몇 번을 오르내려도 천종삼은 보이지 않았다.

바로 앞이 집이니 집에서 자고 내일 다시 올까 하다가 그냥 능선을 따라 올라가 텐트를 쳤다. 그리고 너무나 고단한 나머지 그렇게 또 잠이 들었는데 꿈에 또 주지 스님이 나타나셨다.

"인석아! 밥을 입에다가 넣어줘야 되느냐?"

"아! 스님!"

"네놈은 전생에 소였느니라. 그래서 소와 너는 합合을 이루는 게야."

"합合 말씀이세요?"

"그렇지, 합合. 네 놈이 처음 소를 만나 곳이 어디더냐? 잘 살펴보거라."

그리고선 스님은 사라지셨다.

"스님…스님…!"

또 잠에서 깨어 일어나보니 벌써 아침이었다.

'그래, 내가 소를 처음 만나 곳은 호랑나비를 잡다 떨어진 바로 그 곳이야. 그래 맞아. 그곳은 서남향이라 습하면서도 바람과 땅의 기운이 맞물리는 곳이며 파구로 합수合水하는 곳이다. 즉 명당자리가 만들어지는 내백호內白虎의 바로 옆자리라서 위치상 천종삼이 자라기 가장 알맞은 곳이야!'

나는 갑자기 그곳으로 달려가기 시작했다. 그리고 처음 언덕에서 떨어져서 소를 만난 곳을 천천히 살펴보았고 거기에는 천종삼 잎이 기세등등하게 위로 솟구쳐 있었다.

"심봤다!"

－심봤다! 심봤다!

아버지의 목소리는 청양산 일대에 울려 퍼졌고 메아리가 되어 다시 크게 돌아왔다.

잠시 후 조심스럽게 흙을 파내서 천종삼을 캐기 시작했는데 한두 뿌리가 아닌 가족군을 형성하고 있는 가족삼 여섯 뿌리였다. 가슴이 뭉클했고 뜨거운 기운이 솟아올라 눈물이 흘러내릴 것 같았다. 그렇게 감격을 하다 전화를 하려고 휴대전화를 꺼냈는데 배터리가 없어 전원이 꺼져 있었고 예비 배터리도 바닥이 난 상태여서 통화를 할 수가 없었다. 전화기를 도로 가방에 넣고 천종삼을 통에 잘 담아서 산 밑으로 내려가 차에 올라탔다.

휴대전화 잭을 연결시키고 바로 김 과장에게 전화를 했는데 순간 멍했고 자신의 귀를 의심했다.

"김 과장, 지금 뭐라고 했어? 천천히 다시 이야기해봐."

—사장님…. 회장님과 사모님이 오늘 새벽 교회에 새벽기도 가시다가 그만…. 열차에 충돌하여 돌아가셨습니다.

"뭐, 뭐… 뭐라고?"

—지금 청양병원 영안실입니다. 빨리 오십시오.

나는 정신이 하나도 없었다. 그 길로 차를 돌려 청양병원으로 향했다. 눈에는 눈물이 쉴 새 없이 흐르고 있었다.

차는 빠른 속도로 내달렸다. 도중에 두 번이나 사고가 일어날 뻔해서 위험했지만 아무 생각도 없는 사람처럼 앞만 보고 갔다. 이윽고 병원에 도착해서 영안실로 들어갔다.

영안실 안에는 아버지와 어머니가 나란히 누워 계셨고 온화한 미소로 주무시고 계시는 듯 편안해 보였다.

나는 두 분이 돌아가셨다는 것이 믿기지 않아서 말을 건넸다.

"아버지, 어머니. 저 왔어요. 일어나 보세요. 어머니, 저예요, 아들 왔다고요. 그만 주무시고 일어나셔야죠! 어머니! 어… 어, 머니!"

김 과장이 "사장님, 진정하세요. 사장님…." 하며 나를 위로했다.

"김 과장."

"네, 사장님."

"무슨 일이 있었던 거야?"

"오늘 새벽에 두 분이 교회 새벽기도에 가신다고 나가셨는데 가시던 도중에 철로를 지나면서 시동이 꺼져 변을 당하신 것 같습니다.

"어머니는 현재 백신 치료 중인데 왜 외출을 허락해 드린 거야?

"그건 회장님이 꼭 새벽기도에 가셔야 한다며 사모님을 모시고 가셔서 막을 방법이 없었습니다.

"아버지가…?

"네, 사장님."

그랬다. 나는 어머니에게 온통 신경이 가 있어서 아버지의 사주는 본 적이 없었다.

아버지 사주의 일주日柱에는 자子가 있었고 사고 당일이 묘일卯日이어서 자묘형子卯刑이 된 것이며 자묘형은 사건사고를 뜻하는데 마침 그 달이 음력 6월 미월未月이라 월에서 강하게 극剋을 받고 있었다.

뿐만 아니라 아버지의 대운大運이 축대운丑大運이라서 이번 달에 미월과 축미충丑未沖이 되어서 큰 충돌이 예상되었는데 마침 차를 몰고 외출을 하시는 바람에 사고를 면할 수 없었던 것이다.

너무나 허망했다. 역학에 정통해 있던 내가 다른 사람도 아닌 자기 가족의 흉운凶運 하나도 막지 못하다니 정말 한심했다. 억울하고 원통했다.

허망하게 부모님 두 분을 한 번에 다 잃고 너무나 힘들었던 나였다. 그때 옆에서 힘이 되어 준 사람이 유미 씨였다. 부모님이 돌아가셨을 때 이미 유미 씨의 뱃속에서 아이가 자라고 있었고 한 달 정도가 지나가는 무렵이었다.

두 분의 장례를 지내고 화장을 하지 않고 내가 직접 묘를 쓰기로 했다. 그리고 청양산에 명당자리를 찾기 위해 다시 청양산에 올라갔는데 이틀을 돌아다녀서 찾은 곳이 결국은 소를 처음 만난 그 자리였다.

'소와의 인연이 이렇게 질기게 이어진다는 말인가!'

혼자서 곱씹으며 중얼거렸다. 나도 이제는 점점 소하고의 인연이 부담스러웠다.

그렇게 명당자리에 묘를 썼고 그 기운과 소의 운명을 그대로 받고 태어난 아들이 나중에 미국 캘리포니아의 비버젠카우 목장의 최고경영주가 될 것이라는 것은 아무도 짐작할 수 없었을 것이다.

* * *

그리고 일주일 후. 고베축산협회에서 유미 씨에게 한 통의 전화가 왔다.

—유미 씨, 나 다카하시요.

“네, 회장님.”

—어떻게 됐소. 요즘 연락도 없고, 이쪽의 상황을 알고 있긴 한 거요? 매달 4억 엔의 적자를 보고 있단 말이오. 유미 씨가 한국에 간 지도 곧 2년이 되어가요. 그럼 얼마의 적자가 생긴 것인지 아시오? 그리고 얼마나 많은 사람들이 시름에 떨고 있고, 또 얼마나 많은 목숨을 잃었는지 아는가 말이오?

“죄송합니다, 회장님.”

—그래, 청양 소 사장에게 알아낸 것이라도 있소?

“아직 특별히 알아 낸 것은 없습니다.”

—아무것도 없다…. 솔직히 말해보시오. 혹시 청양 소 사장에게 마음을 빼앗긴 것은 아닙니까?

“아닙니다. 절대 그렇지 않습니다.”

—아니면 청양 소 사장이 아직 유미 씨를 신뢰하지 못한다는 이야기인데, 그렇지 않고서야 어찌 아무것도 알아내지 못한단 말입니까? 좀 더 적극적으로 다가가세요. 정 아니면 청양 소 사장의 애라도 갖도록 하세요. 그럼 청양 소 사장도 더 이상 모든 것을 숨기지는 않을 테니까!

"회장님, 그렇지 않아도 임신이 된 것 같습니다. 몸이 나른해서 병원에 갔더니 임신 4주라고 하는군요. 그래서 청양 소 사장에게 임신 사실을 알리고 비선초와 관련한 중요한 정보를 빼낸 후에 아이를 지우고 돌아가려고 마음을 먹고 있었습니다."

—아니요, 유미 씨. 아이를 낳으세요. 그리고 청양 소 사장에게 확실한 믿음을 주고 난 후에 정보를 알아내고 청양 소 목장에 바이러스를 확산시킨 다음에 돌아와도 늦지는 않아!

"바이러스라면?"

—1년 전부터 청양 소에게 전염시킬 강력한 바이러스를 개발 중에 있고 곧 완성합니다. 유미 씨가 바이러스를 감염시킨 후에 돌아오면 되는 것이오.

"그것은 그렇다 하더라도, 아이…를 낳으라고요?"

—그래요. 애 낳는 게 뭐 그리 어렵소? 우리를 위해서 목숨을 버리는 사람들도 많아요. 거기에 비하면 애 낳는 것은 아무것도 아니지! 안 그래요 유미 씨?

"회장님, 그럼 아이는?"

—애? 애는 두고 오면 되는 것을 뭐가 문제요?

"그래도 제가 낳은 아이인데…."

—그럼 데리고 오겠다는 말이오? 제정신이오, 지금? 한국에 가더니 조금 이상해진 것 아닌가요? 유미 씨는 바이러스를 감염시킨 후 아이를 두고 일본으로 돌아오면 되는 것이오. 알겠소?

"그래도…."

—그래도라니. 시키는 대로 하세요.

그리고는 전화가 끊어졌고 잠시 후에 문자가 왔다.

—마야카라 마라쿠

* * *

그렇게 일주일이 지났다. 나는 넋이 나간 사람 같았고 방안에서 좀처럼 나오지 않았다.

그러자 스탠퍼드 박사가 나에게 면담을 요청했고 그것이 바로 일주일 만에 사람과의 첫 대면이었다.

"괜찮으세요?"

"네, 박사님. 전 괜찮습니다."

"많이 힘드신 거 잘 알지만 사장님께 면담을 요청한 것은 백신의 관한 사장님의 생각을 알고 싶어서입니다. 앞으로 어떤 방향으로 나아가실 것인지…."

"아, 박사님. 곧 계약기간이 만료되는군요."

"아닙니다, 사장님. 그것과는 전혀 상관이 없습니다. 저 혼자만의 생각이 아니라 연구팀 전원이 보수 없이 연구를 마무리하겠다는 의지를 보였습니다.

물론 처음에는 사장님의 어머니를 치유하는 목적으로 연구팀이 결성됐지만 넓고 크게 생각하면 한 개인의 문제가 아니라 인류 전체의 과제이기도 한 것입니다. 초일류 선진국이라는 미국이 10년 넘게 연구하고 있지만 아무런 결과도 없는 상황에 비하면 저희가 얻은 연구 결과는 엄청난 것입니다.

비록 백신이 아직 완벽한 상태는 아니지만 거의 마무리 단계에 왔다고 생각됩니다. 이제 임상실험만 거치면 되는데 혹시 사장님께서 포기하지는 않을까 걱정도 되고 또 앞으로 어떤 계획을 가지고 계시는지 궁금하기도 해서 뵙자고 했습니다."

"박사님. 저도 어머니가 돌아가셨다 해서 힘들게 해 온 것을 포기하고 싶지는 않습니다. 하지만 환자를 찾는 것도 여간 힘든 게 아니고 이제 천종삼을 구할 길도 없습니다."

"네, 알고 있습니다. 사장님."

"앞으로 6개월간 더 환자를 찾아보고 없으면…. 박사님, 저는 백신에 관한 것은 마무리 짓고 싶습니다."

"그럼 한 가지 제안해도 되겠습니까?"

"네, 말씀하세요."

"만약 환자를 찾지 못하고 모든 것이 종료되면 제가 백신을 미국으로 가지고 가서 계속 연구를 진행해도 될까요?"

"쉽지 않을 텐데요…?"

"네, 알고 있습니다. 하지만 미국은 지금 제약회사나 민간 기업에서 하는 것이 아니고 정부에서 국가시책으로 연구를 진행 중이기 때문에 미국과 손을 잡는다면 한결 수월할 수도 있습니다.

뿐만 아니라 미국은 만약 이 백신을 가지고 가면 WHO 세계보건기구에 먼저 등록하고 자기들이 임상실험을 마치기전에 이미 미국

내에서 활용할 것이며 임상실험이 끝나면 바로 전 세계에 보급할 것이 분명합니다. 그럼 이 지구상에 치료 불가능한 병은 이제 없는 것이죠.

물론 미국은 그에 따른 어마어마한 백신에 대한 로열티를 가지고 갈 수 있고 다시 한 번 전 세계에 강대국의 포스를 보여주며 세계를 이끌어나가는 리더로 자리를 굳건히 하는 것 아니겠습니까?

하지만 그 전에 백신으로 생기는 모든 수입의 13%를 사장님이 가져갈 수 있게끔 계약조건을 제시할 것이며 단발로 끝나는 것이 아니라 음반저작권과 마찬가지로 신약을 개발한 사장님이 사망해도 향후 70년까지 보호받을 수 있게 계약을 체결하겠습니다. 가져갈 수 있게만 허락해 주십시오.

저는 단지 이 백신에 제 이름을 붙여서 후세에 길이 남으면 그것으로 만족합니다. 연구자가 업적을 남기는 것 외에 무슨 기쁨이 더 있겠습니까?"

"박사님 뜻이 정 그러하시다면 그렇게 하셔도 됩니다. 그동안 고생을 참 많이 하셨는데 박사님이 원하시는 걸 제가 못해드리겠습니까!"

"감사합니다, 사장님."

"별말씀을요."

나는 박사님과 이야기를 마치고 일주일 만에 방에서 나왔으니 단지를 한 바퀴 돌며 바람이나 쐬고 들어가려고 화단 쪽으로 잠깐 나왔다.

오랜만에 나오니 단지를 지키는 부산견 장군이가 와서 정신없이 꼬리를 흔들며 점프했다.

"그래, 장군아. 아빠가 너무 오랜만에 나왔지."

그렇게 장군이를 쓰다듬고 있는데 멀리서 누군가 보고 있는 듯한 느낌을 받아서 쳐다보니 유미 씨가 나를 물끄러미 쳐다보고 있었고 내 쪽으로 걸어왔다.

"유미 씨!"

"네, 사장님. 좀 괜찮으세요?"

"괜찮아요. 미안해요, 너무 걱정을 끼치게 해서!"

"미안하긴요. 누구라도 사장님과 같은 상황이라면 똑같을 거예요."

"유미…."

"사장…."

유미 씨가 내게 뭔가를 말하려고 할 때 나도 동시에 유미 씨를 불렀다.

"허허. 유미 씨 먼저 이야기하세요."

"아니에요. 사장님 먼저 하세요."

"그래요. 그럼, 내가 먼저 이야기할게요. 실은 임상실험이 성공리에 끝나면 유미 씨에게 정식으로 프로포즈하고 받아 주면 부모님께 말씀드리려고 했어요, 그리고 결혼식 날짜도 잡고…. 그런데 이런 사고가 나서 계획이 엉망이 됐네요."

유미 씨는 잠깐 망설이다가 말했다.

"왜 미리 알려주지 않으셨어요."

"말이 앞서는 거 싫어요. 저는 모든 것을 철저하게 준비하고 움직이는 성격이라서…. 제가 좀 그래요."

"실은… 사장님 애 아빠가 되셨어요."

"애 아빠요?"

"네! 애 아빠요!"

"무슨 애 아빠요?"

"바보~! 저, 임신 4주 됐어요."

"정말이예요?"

"네!"

"어… 정신이 얼떨떨해요~!"

"축하해요, 사장님~!"

"그럼 이제 사장님이라고 하지 마세요. 그냥 자기라고 불러요."

"자기, 아직 자기라는 말이 잘 안 나와요."

"그럼 이름을 불러요, 영일 씨라고"

"그렇게 할게요, 영일 씨."

나와 유미 씨는 그렇게 결혼식을 올렸고 그때 임신 8주가 막 지나고 있었는데 공교롭게도 아이가 태어나는 해가 을축년乙丑年 소의 해였다.

원래 부모님이 돌아가신 해에는 결혼을 금한다는 옛 풍습이 있기는 하지만 이미 아이가 들어서 배가 불러오는데 미룰 수도 없는 것이었고 나는 유미 씨를 정말 사랑했기 때문에 그대로 진행했다. 아주 조촐하게 회사 식구들과 그리고 연구팀 이외에는 그 어떤 하객도 받지 않았고 조용히 결혼식을 올렸다.

아들은 3.9킬로그램으로 소의 해에 건장한 소처럼 튼튼하게 태어났고 나는 너무나 기뻤다. '아버지, 어머니가 계셨더라면 정말 좋아하셨을 텐데.'라는 아쉬움을 자주 표현하기도 했지만 말이다.

알메이츠병 백신은 스탠퍼드 박사님이 미국으로 가지고 가셨다. 그리고 3년 후 미국 보건당국과 정식으로 계약을 체결하여 임상실험을 마치게 되었고 미국 내 알메이츠병 환자를 치료하는 치료약으로 쓰였다.

2022년 신축년.

"여보. 고생 많았어요. 건장한 사내아이야!"

"이상은 없어요?"

"응. 아주 건강하고 잘생겼어!"

"그래요? 다행이네요."

"그럼, 누구 아들인데! 여보, 아무 생각 말고 좀 쉬어. 안정을 취해야 해."

"네, 알겠어요."

아이는 눈망울이 초롱초롱하며 아주 건강했고 이름은 '큰 산과 같다' 하여 '태산太山'이라고 지었다.

그렇게 태산이는 아무 탈 없이 잘 지내는가 했는데….

* * *

"여보세요?"

—유미 씨. 나 다카하시요.

"네, 회장님."

—고생이 많소. 그래 청양 소 사장의 아들을 낳았으니 이제 소 육질 개선의 비밀을 좀 알아봐야 하지 않겠소?

"네, 회장님. 그렇지 않아도 조심스럽게 유도하고 있습니다."

—이번 달도 얼마 안 남았어요. 이달 말일에 임원총회가 있으니 그전에는 좋은 소식이 있어야 합니다.

"알겠습니다. 회장님."

—그래요. 계속 수고하세요.

전화가 끊기고 어김없이 문자가 왔다.

—마야카라 마라쿠.

* * *

일주일 후 오랜만에 소와 관련한 보도를 내보내기 위해서 연구실에 들어갔는데 아내가 뭔가를 열심히 찾고 있었다.

"여보! 당신이 여기는 어쩐 일이야?"

순간 당황하던 아내는 바로 태연하게 말했다.

"네, 너무 집안에만 있으니 몸에 좋지 않은 거 같아서요. 잠시 나

왔어요."

"그렇지. 너무 방 안에만 있어도 좋지 않지! 그런데 뭘 찾고 있어?"

"아뇨, 찾는 게 아니고요. 너무 지저분해서 치우고 있었어요."

"그렇구나. 아무래도 내가 요즘 연구실에 온 적이 없으니 좀 지저분하지."

"그런데 당신은?"

"어, 난 신문하고 잡지에 소 관련 기사 좀 내려고. 인터뷰 요청이 왔거든. 두 군데서 왔는데 한 군데는 월간지고 한 군데는 어디인지 알아?"

"내가 어떻게 알겠어요."

"영국투데이 일간지에서 연락이 왔어. 그렇지 않아도 일본 고베 쪽에서 영국에 신경을 많이 쓰고 있는데 영국은 워낙 까다로워서 쉽지가 않거든. 영국만 손에 넣으면 근접한 유럽 10개국은 자연스럽게 따라올 수 있어."

"당신 무리하지 마세요. 지금도 40개국이 넘는 곳에 수출을 하고 있는데."

"무리는 무슨…. 이번 일만 잘 되면 일본은 이제 더 이상 발붙일 곳이 없어지고 고베규는 그냥 한때 맛있던 소로 남게 될 거야."

그러자 아내가 순간 움찔했고 나는 왜 그러냐고 물었다.

"아니에요, 갑자기 등이 결려서요. 그런데 여보…. 일본 고베 지역도 청양 소로 인해 피해가 많다고 하던데 굳이 그렇게까지 할 필요 있어요?"

"어…. 말이 그렇다는 거지, 내가 꼭 일본을 어떻게 하려는 건 아니야."

"그런데 궁금한 것이 있어요."

"뭔데? 뭐든지 물어봐."

"청양 소에 말굽버섯과 토종벌꿀을 넣어서 육질이 그렇게 부드러운 건가요?"

"그건 일급비밀인데!"

"치~ 부인에게도 말 못 하는 비밀이 있나?"

아내가 살짝 나를 흘겨보았다. 나는 웃으며 말했다.

"국가기밀이지만 당신이니까 말해 줄게. 실은 비선초를 소에게 먹이지."

"비선초에는 독특한 향이 있어서 소가 먹지를 않잖아요?"

"당신이 그것을 어떻게 알아?"

순간 아내는 당황하며 말했다.

"아니… 비선초 차를 마실 때마다 독특한 향이 나서 그렇게 생각했죠."

"그래서 매실 엑기스에 일주일 정도 담가 놓았다가 주고 있어."

"그렇군요. 그런데 한 번도 매실 작업을 하는 것을 본 적이 없네요."

"다른 데서 작업을 해서 가지고 오잖아."

"그랬군요…."

"그럼. 우리 청양 소의 육질관련 일급비밀인데 보안을 철저히 해야지 않겠어?"

“생각보다 간단하네요.”

“그래, 비법이란 생각처럼 복잡한 것이 아니라고.”

“에이, 싱거워. 난 뭔가 대단한 비법이 있는 줄 알았는데 별거 아니네요.”

“알려주니까 싱겁다니! 알려주지 말 걸 그랬나?”

“치~ 차라리 알려주지 말고 일급비밀로 하지, 그럼 더 궁금했을 텐데.”

“뭐야. 이런 여우를 봤나, 허허허.”

그렇게 아내는 점심식사를 준비한다며 집으로 돌아갔고 나는 잠시 생각에 잠겼다.

‘그래, 내 예감이 맞았어.’

나는 고베축산협회에서도 소에게 말굽버섯을 먹인다고 할 때 그들이 어떻게 말굽버섯을 먹이는 것을 알았을까 궁금했다.

예전에 아내가 내 연구실에서 무언가를 찾는 것을 본 후 혹시나 해서 유심히 지켜보았고 그 후 그녀는 CCTV에 두 번이나 포착되었다. 그리고 그럴 때마다 고베축산협회는 청양 소에게 먹이는 말굽버섯, 토종벌꿀 등을 먹인 후 육질이 개선됐다며 방송에 내보내곤 했다. 그리고 이번에는 비선초에 대해서도 물어보자 확신을 갖게 되었고 일부러 사실을 다른 내용을 알려준 것이다. 물론 매실은 장을 튼튼하게 하기 때문에 소에게 나쁠 것은 없지만 육질개선의 효과를 보기는 힘들다.

나는 고민에 빠졌고 과연 이 문제를 어떻게 잘 해결을 해야 할지가 숙제였다.

* * *

다음 날 영국투데이에서 직접 한국으로 와서 인터뷰를 했고 이틀 후에 신문에 보도되었다. 그러자 고베축산협회에서는 더욱 난리가 났고 유미 씨에게 전화가 왔다.

—여보세요, 나 다카하시요.

"네, 회장님."

—어제 영국투데이에 청양 소 기사가 났더군.

"네, 저도 알고 있어요."

—좋은 소식은 언제쯤 들을 수 있습니까?

"알아냈습니다."

—그래요! 대체 무엇이던가요?

"비선초는 향이 강하기 때문에 소가 먹지 않지만 매실 엑기스에 일주일간 담가 두었다가 소에게 먹이는 방법을 쓰고 있었습니다."

그렇게 그녀가 일급비밀이라고 여기는 잘못된 방법을 알려주자 고베축산협회는 바로 시행에 들어갔고 한 달 후에 다시 다카하시 회장으로부터 연락이 왔다.

—여보세요.

"네, 회장님."

—한 달간 먹여 보았는데 소가 소화를 잘 시키고 있고 육질에는

큰 변화는 없지만 조금은 좋아지는 증상을 보이고 있어요. 아직 한 달밖에 먹이지 않았으니 앞으로 계속 먹이면 더 좋아지겠지. 아무튼 수고 많았소. 이제 마지막으로 우리가 개발한 악성소화수액 탄저균을 소에게 투여하고 돌아오면 됩니다.

"악성소화수액 탄저균은 어떤 건가요?"

—탄저균은 원래 공기 중에 감염이 되는 것인데 이 균을 인공적으로 배양한 후 액체 다미노네이트 성분과 혼합해서 성분을 극대화시켜 수액으로 변형시킨 것이오. 일주일간 잠복 기간을 거쳐 발열이 나기 시작해서 음식을 먹어도 소화를 시키지 못하지. 그래서 나중에는 소가 음식을 전혀 먹지 못하고 시름시름 앓다가 결국에는 폐사를 하는 것이요.

전염성도 상당히 강하고 빠르기 때문에 3일이면 소 3만 마리가 전염되고 열흘이면 한국의 전 목장에 다 전염이 되기 때문에 한국 당국에서는 청양 소 목장을 폐쇄하고 전염을 막기 위해서 청양 소 전부를 땅에 묻는 수밖에 없을 것이오.

"그럼 저는 악성수화소액 탄저균을 소에게 감염시키고 돌아가면 되는 건가요?"

—소가 감염된 것을 확인하고 일본으로 돌아오면 됩니다. 이번 주말에 청양 문진리교 회당에 가면 게이꼬라는 자매가 균을 전달할 것이니 잘 받아서 실수 없이 처리하시오.

"네, 알겠습니다."

—게이꼬 자매가 돌아오는 비행기 티켓도 같이 건네줄 것이니 확

인하고 받은 후 받았다고 문자를 보내세요.

"네, 알겠습니다. 회장님."

—그럼 일본에서 봅시다. 이만.

유미 씨의 마음에는 많은 갈등이 일어났다.

사장을 사랑하지는 않지만 정도 들었고 자신이 직접 낳은 아들을 버리고 간다는 것이 가장 마음에 걸렸다. 그런 생각을 하고 있자 문자가 한 통 왔다.

—마야카라 마라쿠

문자를 보는 순간 유미 씨의 눈꼬리가 위로 올라가고 강렬하고 냉정한 기운이 감돌며 전혀 다른 얼굴을 가진 다른 사람처럼 보였다.

* * *

잠시 후 나는 집으로 돌아왔고 아내는 태연하게 시장하냐고 물었다.

"아니야. 크게 한 일도 없는데, 뭐."

점심을 먹는 내내 아내는 태연했는데 오히려 내가 어색함을 감추지 못했다.

"당신, 어디 안 좋으세요?"

"아니, 안 그런데."

"당신 안색이 많이 안 좋아 보여요."

"요즘 운동량이 부족해서 그런가 봐. 주말에는 산에나 좀 올라가야겠어."

“그래요. 그렇게 하세요. 저도 주말에 좀 나갔다 올게요.”

“벌써 외출을 해도 될까?”

“그럼요, 벌써 일주일이 지났어요.”

“그렇긴 한데, 어디에 가려고?”

“예전에 박사과정 공부할 때 일본으로 교환교수로 오셨던 분이 계시는데 청양대에 계시다고 하더라고요. 한번 뵈려고요.”

“아, 그래. 그럼 갔다 와. 오랜만에 외출이니까 맛있는 것도 먹고.”

“네, 여보. 최대한 빨리 올게요.”

“아니야. 천천히 있다 와.”

나는 아들을 감싸 안으며 말했다.

“그럼 우리 태산이는 유모 아주머니랑 있어야겠네. 아빠가 빨리 산에 갔다가 올게, 태산아. 너를 혼자 두진 않는다. 이 아빠가….”

그 말은 들은 아내는 뭔가 초조한 눈빛이었다.

그렇게 주말이 되었고, 나는 가벼운 차림으로 산에 올라가는 척하며 아내의 뒤를 밟았다. 아내는 전혀 눈치를 채지 못하고 문진리교 회당 안으로 들어갔다.

나는 정말 놀랐다. 문진리교는 사이비 종교로 한국 사람들의 인식이 상당히 좋지 않은 곳인데 그곳 회당으로 들어가니 내 눈을 의심하지 않을 수 없었다.

나는 조심스럽게 밖에서 기다리고 있었고 얼마 안 있어 아내가 밖으로 나오며 주위를 두리번거리고 살피더니 다시 택시를 타고 어디론가 갔다. 거리를 두고 조심스럽게 따라 갔는데 아내는 택시에서 내려 바로 가축약국으로 들어갔다. 뭔가 이상한 행동에 너무나 혼란스러웠다.

그렇게 잠시 후에 아내는 다시 택시를 타고 귀빈호텔로 갔고 호텔 커피숍에서 누군가와 통화를 하고 있었다.

—여보세요. 나 다카하시요.

"네, 회장님."

—물건은 잘 받으셨소?

"네, 잘 받았습니다."

—실수 없이 하시고 증상을 확인한 후 철수하세요.

"알겠습니다."

전화통화를 끝낸 아내는 서둘러 밖으로 나왔고 나는 차 안에서 몸을 숙이며 그 모습을 지켜보았다.

이윽고 아내는 다시 택시를 잡아탔고 그녀가 집으로 향하자 나는 조심스럽게 따라가 집으로 들어가는 것을 확인하고 청양산 입구로 차를 돌렸다. 입구 주차장에 주차를 하고 많은 생각에 잠겼다.

'유미가 대체 무슨 일을 하려는 걸까?'

너무나 머리가 아파오고 뭔가 불길한 예감이 밀려와 견딜 수가 없어 지인知人 중에 문진리교에 대해서 아는 분이 있어서 전화를 걸었다.

"안녕하십니까, 김 반장님."

—아, 김 사장님. 안녕하세요. 요즘 많이 바쁘시죠?

"네, 항상 바쁘게 지내고 있습니다. 반장님, 뭐 좀 하나 여쭤보려고 전화했는데 지금 통화 괜찮으세요?"

—네, 말씀하세요.

"3년 전에 문진리교 사건 반장님이 담당하셨던 것으로 알고 있는데요."

—맞아요. 워낙 큰 사건이라 기억이 생생하죠. 신도 열 명이 집단 자살을 했는데 알고 보니 이탈하려고 하는 신도들에게 당회 교주가 수면제를 타서 재운 후에 알타부민이라는 성분의 독약을 혈관 주사하여 살해한 사건이었죠. 그런데 갑자기 그 사건은 왜 물으시죠?

"아는 분이 문진리교에 관계가 있는 것 같아서요. 어떤 종교단체인가요?"

그의 말에 따르면, 문진리교는 생긴 지 20년 정도밖에 안 되는 신흥종교인데 일본의 한 여류작가가 종교 관련 책을 쓰다가 종교에 심취되어 만든 종교단체라고 한다. 그런데 단체에서 주축이 되는 인물들이 일본 내에서 제법 영향력을 행사하는 사람들이 많고, 건설 쪽이나 연예계에도 발을 들여 놓아서 다방면으로 활동하고 있었다.

—사장님 잘 아시겠네. 일본 고베규.

"고베규요?"

—네, 고베규. 일본 고베축산 쪽도 이 종교단체가 관리하는 것으로 알고 있어요. 신도들은 그렇게 많지는 않지만 자금력이 뒷받침되

기 때문에 상당히 튼튼한 종교단체 중에 하나로 급성장한 곳이 문진리교입니다 무슨 문제가 있으신 것은 아니죠?

"아닙니다. 반장님."

—그러시면 다행이고요. 아무튼 제가 알고 있는 것은 그 정도입니다.

"네. 감사합니다, 반장님. 조만간 만나서 저녁이라도 하시죠."

—저야 좋죠. 아무 때나 사장님 편하신 날에 전화 주십시오.

전화를 끊고 나는 더욱 고민에 빠졌고 현재 상황을 믿고 싶지 않았다. 과연 이대로라면 어떻게 되는 것인가?

나는 급하게 수첩에 적혀 있는 아내의 사주를 꺼내 보았다. 왜냐하면 내 사주에는 부부궁에 아무런 이상이 없고 대운과 세운에서도 전혀 이상한 것을 발견할 수가 없었기 때문이다. 하지만 본인에게 이상이 없더라도 상대 배우자에게 이상이 있다면 일은 벌어질 수 있는 것이다.

부부궁에 형刑이나 충冲, 파破가 오면 깨질 확률이 상당히 높아지고 사주 안에 있는 사람은 배우자 운이 없거나 있더라도 오래 가지 못한다.

그래서 아내의 사주를 다시 들여다본 것인데 사주 내에는 별다른 이상이 없었다.

그런데 이번 달이 진辰월이라서 아내의 일주日柱의 부부궁, 즉 배우자궁에 술戌이 있어서 충冲이 오는 것이었다. 뿐만 아니라 일주日柱의 천간天干이 병화丙火라서 지지支地에 생生을 하여 더욱 힘을 불어 넣어주니 일이 나도 크게 날 징조였다.

갑자기 손이 떨리기 시작했고 막을 방법을 생각해 내야만 했다. 그래서 아내와 사실대로 모든 것을 이야기해보는 것밖에 방법이 없다고 판단했고 서둘러 차를 집으로 돌렸다. 어차피 세상은 순리대로 돌아가며 진실은 언제든지 통하게 되어 있는 것이다.

집에 도착하자 아내가 나를 맞이했다.

"빨리 오셨네요."

"여보, 할 말이 좀 있어."

"여기 앉아보세요. 무슨 일이라도 있어요?"

"당신, 나에게 할 말 없어?"

"무슨 할 말이요? 없는데요. 등산 갔다 오더니 무슨 일이라도 있었나요?"

"당신 어디 갔다 왔어?"

"저 며칠 전에 말한 교수님 만나 뵙고 밥 먹고 왔는데요."

"그럼 문진리교는 왜 갔었지?"

"어머! 당신 저를 미행했어요? 교수님이 문진리교에 신도이자 간부로 계세요. 그래서 회당으로 오라고 해서 간 거에요. 뭐가 잘못됐나요?"

"그럼 가축약국은 왜 갔어?"

"도대체 저를 어디까지 따라오신 거예요? 교수님이 키우는 개에게 백신을 맞힌다고 해서 접종할 백신을 구해다 드리려고 간 건데 뭐 잘못됐어요?"

"여보. 그만해."

"뭘 그만하라는 거죠?"

"처음 당신이 일본에서 왔을 때 고베 출신이라는 것을 보고 아무렇지 않게 생각했어. 그리고 청양 소 육질개선 연구실에 처음 당신이 들어온 날, 그 날도 크게 의심하지 않았지. 하지만 철통같은 보안에도 고베축산협회는 청양 소에게 먹이는 똑같은 버섯과 벌꿀을 먹이기 시작했어. 그래서 CCTV를 판독해보니 그때마다 당신이 내 연구실에 들어와서 뭔가를 찾고 있었어. 그리고 나중에는 일본에 나지도 않는 비선초를 가지고 생산연구를 하고 결국은 우리처럼 비닐하우스 재배에 성공하더군. 더 말해 줄까?

문진리교는 고베축산협회에서 관리하는 종교단체야. 물론 당신이 더 잘 알겠지만 축산협회 다카하시 회장이 부교주로 있지. 그리고 당신의 이름은 다카하시 유미. 더 말을 해 줘야 하나?"

아내는 꿀 먹은 벙어리처럼 아무 말도 하지 못하고 있었다.

"도대체 애는 왜 낳았지? 굳이 낳지 않고 일본으로 돌아가도 됐잖아? 애는 어떻게 하려고? 당신을 좋아하고 사랑을 한 대가가 이렇게 큰 줄 정말 몰랐네. 당신이 날 사랑했다면 이렇게 할 수 없었겠지. 하지만 애를 봐서라도 이제 그만 멈추면 안 되겠어? 아무 말이라도 좋아, 말 좀 해봐."

"여보, 미안해요. 지금은 아무 생각도 안 들어요. 변명을 하고 싶지는 않지만 저를 이해해 주세요."

아내는 어릴 적부터 있었던 일을 이야기하고 다카하시 회장의 최면에 빠져 모든 일을 하게 되었던 내막을 설명했다. 그리고 고개를 숙이며 울기 시작했는데 그러자 태산이도 갑자기 이유 없이 큰 소리로 울었다.

더 이상 무슨 말을 해도 지금 상태에서는 대화가 안 될 것 같아 나는 서재로 들어갔고, 아내는 태산이를 안고 방으로 들어갔다. 그렇게 나는 서재에서 골똘히 앞으로의 일에 대해 어떻게 해야 할 것인지 고민에 빠져 있었다.

그런데 어디선가 '쿵' 하는 소리가 들렸고 이상하다 싶어 거실로 나와서 다시 안방으로 들어갔다.

창문이 열려 있었고 커튼이 휘날리고 있었다.

순간 소름이 돋았고 창밖을 내다보니 아내가 밑에 떨어져 있었다.

너무도 놀란 나는 재빠르게 청양병원에 전화했고 당직 중인 직원에게 연락해서 나오게 했다.

"여보! 정신 좀 차려 봐!"

아내는 희미하게 의식이 있었는데 뭐라고 말을 하고 있었지만 잘 들리지 않았다. 귀를 가까이 대고 집중해서 들어보았더니 그녀는 힘들게 이렇게 말했다.

"여보, 정말 미안해요. 태산이 잘 부탁해요."

그리고 아내는 정신을 잃었다.

그때 단지 초입으로 구급차가 들어오는 소리가 들렸고 나는 직원의 부축을 받아 아내를 둘러업고 구급차가 오는 곳으로 가서 빠르게 구급차 안에다 싣고 직원은 다른 차로 따라오게 해서 병원으로 향했다. 병원으로 가는 도중 의사와 간호사가 호흡체크를 했는데 의식은 없지만 미세하게 호흡을 하고 있어서 계속 말을 걸었다.

"정신 차리세요! 제 말 들리나요? 환자분 이름이 뭐예요?"

아무런 응답이 없고 아내의 얼굴에서 핏기가 사라져 가자 심장박동기를 빠르게 연결해서 심전계를 측정했는데 점점 그래프의 파장이 줄어들고 있었다.

의사가 안 되겠다 싶었는지 간호사에게 전기충격을 준비하라고 했고 심장박동이 '삐' 하고 평행선으로 가자 바로 전기충격을 가했다. 그렇게 네 번이나 전기충격을 가했는데도 박동은 정상으로 돌아오지 않았고 결국 아내는 그렇게 죽고 말았다.

나는 아내를 부둥켜안고 오열하며 "안 돼!" 부르짖을 수밖에 없었다.

아침이 밝아 오자 병원에서 아내에게 염을 하고 최고급 수의를 입히고 장례식 준비를 하려고 하는데 김 과장에게 전화가 왔다.

—사장님. 저 김 과장입니다.

"나중에 통화하세."

—사장님, 정말 급한 일입니다.

"급한 일? 지금 나에게는 이보다 급한 일이 또 있을까?"

"사장님, 저도 알고 있습니다만 아침에 우사牛舍 반장에게 연락이 왔는데 소가 이상한 증상을 보인다고 합니다."

"김 과장, 전화 끊게."

그랬다. 아내가 아기에게 연연해하는 것을 걱정하던 다카하시 회장은 물건을 받았다는 문자를 받자마자 최면을 걸었고 아내는 '마야카라 마라쿠'라는 주문을 보자 가축약국에 가서 주사기를 사고 집으로 돌아가 소에게 바로 악성소화수액 탄저균을 주사한 것이다.

하지만 내 눈에 지금 소가 들어올 리가 없었고 그 어떤 말도 귀에 들어오지 않았다.

악성소화수액 탄저균은 일주일 잠복기간이 있는데 얼마나 많은 양을 주사했는지 잠복기를 거치지 않고 바로 증상이 나타났고 그 속도가 무서울 정도로 빠르게 전이됐다. 소들은 시름시름 앓기 시작했고 회사에서 내게 연락했지만 받지를 않았다. 김 과장이 직접 사태를 알리러 장례식장에 왔는데도 전혀 먹혀들지 않았다.

나는 꿈을 꾸는 듯했고 현실을 직시하지 못하는 것인지 아니면 받아들이기 싫었던 것인지 3일 동안 넋이 나간 사람이었다.

그렇게 있는 동안 목장의 소는 악성소화수액 탄저균에 감염이 되어 죽어나가기 시작했고 내 상태가 나아지지 않자 김 과장이 모든 것을 해결해야 했는데 역부족이었다. 당국에서는 목장의 남아 있는 소를 모두 생매장시키는 것으로 결정했으며 목장을 폐쇄하라는 지시가 내려왔다.

그리고 충북 일대를 감염지역으로 선정하고 청양을 외부인 출입 통제구역으로 지정하여 외부인은 들어올 수 없고 청양 일대 시민들이 외부로 나가는 것을 일시통제를 했는데 시민들의 거센 항의로 나가는 제한을 풀기는 했지만 3차 검역을 통과해야만 들어올 수 있었다.

이렇게 진행이 되고 나서야 나는 무슨 일이냐며 김 과장에게 자초지종을 설명하라고 다그쳤고 김 과장은 모든 것을 자세하게 다시 설명했다.

"사장님, 이제 상황을 아시겠습니까?"

"왜 이런 이야기를 이제 하나?"

"제가 여러 번 말씀드렸습니다. 그런데도 전혀 알아듣지 못하시더라고요!"

"나에게 이야기를 했다고?"

"그럼요. 이런 상황을 어떻게 보고드리지 않을 수 있겠습니까?"

나는 뭐가 뭔지 도무지 알 수가 없었고 모든 것이 뒤죽박죽이어서 머리가 터질 것 같았다.

'왜 기억이 없지!'

기억을 더듬고 기억해 내려고 하면 머리가 깨질 듯 아프고 통증이 밀려왔는데 다름 아닌 어떤 충격이나 슬픔에 의해서 잠시 기억을 잃어버리는 심인성 기억상실이 왔던 것이었다. 기억상실에는 기질적인 것과 심인성이 있는데 심인성은 비교적 회복이 단기간에 이루어지며 어떠한 충격이나 자극을 받으면 일시적으로도 생길 수가 있고 특정 사건에 있어서 선택적인 기억상실의 증상을 보이기도 한다.

나는 충격에 의해서 잠시 심인성 기억상실이 왔던 것이고 금세 회복이 되어 평상시로 돌아와 보니 모든 것이 뒤죽박죽 엉켜 있었고 목장은 초토화되어 있었다. 어디서부터 무엇이 잘못되었는지 도무지 알 수가 없고 혼란스러웠다.

악성소화수액 탄저균은 충북은 물론이고 경남, 경북, 전북, 전남, 영호남으로 퍼졌고 심지어는 경기지방으로 해서 강원까지 뻗어 올라가고 있었다. 모든 농가의 소가 다 폐사처리가 되었고 심지어는 개나 고양이에게 전염될 수도 있어서 개나 고양이를 키우는 사람들은 특별히 조심해야 한다는 보도가 나오자 유기견과 유기묘가 갑작스럽게 전국에 120배가 늘어나 사회적인 문제를 불러 일으켰다.

뿐만 아니라 균을 잡을 만한 백신이 없어 속수무책이었다. 소를 키우는 농가는 나라를 상대로 구제방안을 만들어 달라며 매일같이 농성했고 심지어는 분신자살을 하는 사람도 생겼다.

하루는 악성소화수액 탄저균 근원지의 농장주를 때려잡자며 사람들이 몰려왔다.

"사장님, 지금 전국 소 농가의 사람들이 몰려와 사장님을 나오게 하라고 난리입니다."

"어디에 있나?"

"단지 정문 앞까지 와 있습니다."

"내가 나가보겠네."

"안 됩니다, 사장님! 지금 나가시면 몰매 맞아 죽습니다!"

"죽어야 마땅하다면 죽어야지. 저 사람들을 죽음으로 몰아 놓고 나 혼자 살자는 건 안 되는 것 아닌가!"

나는 옷을 갖춰 입고 단지 정문으로 걸어나갔다.

밖은 '청양 소 사장 나오라'고 하면서 소리를 지르며 아우성이었고 경비원과 직원이 이를 막고 있었다. 경비원이 철문을 굳게 닫자

봉고차로 들이밀어 올 기세였다.

이때 내가 큰 소리로 말했다.

"자! 조용히들 하세요!"

"당신은 또 뭐야? 청양 소 사장 나오라고 해!"

"내가 청양 소 사장입니다."

"뭐? 당신이 청양 소 사장이라고?"

"그렇습니다. 여기 오신 분들이 왜 오셨는지 잘 압니다. 여러분들이 뭘 원하는지 말씀해보세요."

"말하면 당신이 들어줄 거야?"

"네. 들어 드리겠습니다. 말씀하세요!"

내가 큰 소리로 말하자 아무도 말을 하지 못했다.

"이 많은 분들이 여기까지 먼 길을 오셨고 그냥 오시지는 않으셨을 것인네 왜 아무 말씀을 못하십니까?"

그때 무리 중에 한 사람이 말했다.

"우리가 왜 왔는지 당신이 더 잘 알잖아?"

"네. 맞습니다. 잘 압니다. 그래서 말씀드리는 것입니다. 제가 어떻게 해 드리면 되겠습니까?"

"청양 소 사장, 당신이 어떻게 해 줄 수 있는데?"

"그래서 제가 여쭤보지 않았습니까? 어떻게 해 드릴까요?"

"그럼 해 달라는 대로 다 해 주겠다 이거요?"

"네. 다 해드립니다."

"좋소! 그럼 우리 농가의 피해액을 고스란히 다 변상해 주시오!"

"네. 변상해 드리겠습니다."

"아니, 당신 장난해? 모든 농가의 피해액이 얼마인 줄 알고 그렇게 큰소리를 쳐?"

그 소리를 들은 내가 말했다.

"제가 가지고 있는 재산이 4천 2백 억입니다. 이것으로 전국 소 농가의 모든 피해액을 변상해 드리고 거기에 더해서 정신적, 육체적인 고통의 피해까지 생각해서 소의 피해액의 10%를 가산해서 보상해 드리겠습니다.

뿐만 아니라 청양 소목장에서 악성소화수액 탄저균이 발병되어 반려견과 고양이를 키우는 많은 분들이 가족과 같은 개와 고양이를 버려야만 해서 그로 인한 아픔과 손해가 컸을 겁니다.

저는 이에 손해배상 전담반을 설치해서 배상할 것이며 그리고도 남은 것이 있으면 그 버려진 개와 고양이로 인해 국가가 부담해야 할 고충과 인력을 다 부담할 것입니다. 부족한 인력을 투입해서 개와 고양이를 포획하고 보호처를 만들어 직접 보살필 것입니다.

그리고 사죄하는 마음으로 모든 것을 사회에 환원할 예정이오니 여기 있는 분들은 여기서 이러지 마시고 댁으로 돌아가셔서 피해액을 정식 공문으로 작성하셔서 보내주시기 바랍니다."

이 말을 듣고 있던 사람들이 웅성거리며 하나둘씩 흩어지기 시작했고 잠시 후에는 남아 있는 사람이 하나도 없었다.

나는 단지 말로 사람들을 안심시키려고 한 것이 아니었다. 이미 모든 것을 말한 바와 같이 실행하려고 마음을 굳게 먹고 김 과장에게 지시했다. 김 과장이 나를 만류했다.

"사장님 한 번만 더 생각해보십시오. 악성소화수액 탄저균이 여기서 발생한 것은 사실이지만 그게 어떻게 사장님의 잘못입니까? 사람들에게 재산을 다 나눠주시면 그 다음은 어떻게 하시려고요?"

"김 과장, 고마워. 하지만 너무 걱정 말게. 사람이 어디 죽으란 법은 없는 거야. 또한 운명대로 살아가는 것인데 사람의 힘으로 막을 수 있겠나? 순리대로 가야지!"

"그래도 이건 너무 극단적인 거 같습니다, 사장님."

"김 과장, 사람은 머물 때와 떠날 때를 잘 알아야 돼. 이제는 내가 이 목장을 떠날 때가 됐다네. 김 과장도 그동안 수고 많았어. 마지막으로 정리하는 것을 김 과장에게 부탁 좀 해도 되겠나?"

"사장님, 당연히 제가 해야죠. 그럼 앞으로 사장님은 어떻게 하실 계획이십니까?"

"나는 일본으로 가서 해야 할 일이 있네."

"일본이요?"

김 과장은 갑자기 일본이라는 말에 어리둥절했다.

그렇다. 나는 고베축산협회와 문진리교에 처절한 복수를 하기로 결심했고 곧 모든 것이 정리가 되면 바로 일본으로 떠날 작정이었다.

그렇게 나는 악성소화수액 탄저균으로 인한 피해 처리 관련 부분을 김 과장에게 맡기고 반려견과 고양이로 인한 손해배상 전담반을 만들어 문제를 하나둘씩 해결해 나갔으며 정말 모든 것을 사회에 환원했다.

문제는 태산이었는데 100일도 안 된 이 어린 것을 어떻게 맡아 줄 사람이 없어서 난감했다. 그래서 하는 수 없이 청양고아원에 잠시 맡기기로 하고 나는 일본행 비행기에 몸을 실었다.

고베에 도착한 나는 어디서부터 어떻게 해야 할지 아무런 생각이 떠오르지 않아서 우선 방을 하나 잡고 계획을 세우기로 마음 먹고 방을 잡았다. 그리고 방 안에서 다섯 시간을 움직이지 않고 생각에 잠겨 복수의 청사진을 그렸다.

'다카하시 회장만 없애버린다고 문진리교가 무너질 수 있을까? 고베축산협회가 다카하시 회장 하나 없어진다고 무너지겠는가! 전부를 무너트리려면 과연 어떻게 해야 할까?'

아무런 답이 나오지 않았다.

너무나 숨이 막혀 여관을 나와 바로 앞에 있는 바다의 방파제에 멍하니 앉아 있었다.

일본어도 한 마디 모르는 내가 이래서는 복수는 고사하고 아무것도 하지 못한 채 한국으로 돌아가야 할지도 모른다는 생각에 한심하기 그지없었다. 그렇게 생각만 하다 하루가 지나갔고 다음 날 아침이 왔다.

무작정 고베 시내로 나가서 주변을 살피다 한 공원에 머무르게 되었는데 도심 안에 이렇게 깨끗한 공원이 있다는 게 믿겨지지 않을 정도였고 공원 저편에는 텐트촌이 형성 되어 있었다. 유심히 지켜봤더니 다들 유유자적, 소형 텔레비전을 보는 사람, 신문을 보는 사람, 책을 보는 사람, 저마다 한가롭게 여가를 즐기고 있었는데 알고 보니 홈리스였다. 한국으로 말하면 집 없는 서울역의 노숙자를 뜻하는 것인데 너무나 행복한 표정으로 여유 있는 모습이라 많이 놀랐다.

홈리스를 좀 더 지켜보려고 벤치에 앉아 있었는데 그중 한 명이 나에게 빵을 건넸다. 영어로 "땡큐."라고 했더니 외국인인 것을 알아차렸는지 따라오라고 해서 갔더니 맨 구석에 있는 텐트로 들어갔다. 그리고는 커피포트에 물을 올리고 커피 한잔을 타 주는 것이다. 그래도 한때는 4천 200억 원을 소유하고 있던 부자가 텐트에서 커피 한잔 얻어먹고 있을 줄이야 누가 알았겠는가? 그렇게 커피를 준 사람과 한 달을 같이 지냈다.

그러던 중 하루는 그가 나를 데리고 버스를 타고 어디론가 갔는데 35분 정도 가서 내리니 다름 아닌 오사카였다. 이 사람이 왜 나를 오사카에 데려 왔는지 궁금했다. 오사카에 내려서 10분 정도 걸어가다 낡은 5층 건물의 3층으로 들어가서 수염이 덥수룩한 한 40대 후반의 남자를 소개해 줬다.

"안녕하세요. 신혁이라고 합니다."

그는 외자 이름을 가진 재일교포 한국인이었다.

갑자기 한국말을 하며 악수를 청하자 나는 순간 당황스럽기도 하고 반갑기도 했다.

"네. 이영일이라고 합니다. 만나서 반갑습니다."

그리고 신혁이라는 한국인과 일본인 홈리스가 한참을 일본어로 이야기를 주고받더니 홈리스가 나에게 힘내라는 제스처를 하고 나갔다.

순간 무슨 일인가 했는데 일본에서 홈리스들은 한 달에 7만 엔씩 정부에서 보조금을 받는다고 한다. 그래서 그런지 일본에서는 거지들도 구걸하는 것을 볼 수 없었던 것이고 홈리스들은 그 돈으로 신문도 구독해서 보고 책도 읽고 나름 쪼개서 생활을 하는 것이었다. 7만 엔으로 풍요롭게 살지는 못해도 아끼며 절약하면 그런대로 아무 생각 없이 살아가는 데는 지장이 없는데 불청객인 내가 와서 같이 사니까 힘이 들어서 나를 자기가 아는 지인에게 부탁을 하고 간 것이다.

어찌 보면 그 홈리스가 고마웠다. 그냥 모른 척 내쳐도 되는데…. 아니면 나에게 돈 이야기를 했더라면 내가 돈을 보태줬을 수도 있는데 조금 안타까웠다. 한국에서 사회에 환원은 했으나 김 과장에게 주려고 10억 정도 남겨놓은 돈이 있었고 아쉬운 대로 써도 상관은 없었다.

그랬다. 내가 홈리스와 같이 생활하기 시작한 것은 다카하시 회장만 제거한다고 그 조직이 무너지는 것은 아니기 때문이다. 분명 밑에서 또 다른 이가 올라와서 계속하여 공존할 것은 불 보듯 뻔하고 더러운 곰팡이균처럼 번식을 더해 갈 것이기에 아예 뿌리를 뽑기 위해서 계획을 세워서 행동에 옮길 심산이었다. 그러기 위해서는 일본어를 좀 해야 했는데 그렇다고 학원에 다닐 수도 없는 노릇이고 그래서 우연찮게 만난 홈리스에게 일본어도 배우고 천천히 시작하려 했던 것이다.

세상에서 제일 많이 바뀌는 게 사람 마음이고 그 다음이 계획이라더니 이런 일이 벌어질 줄은 나는 미처 예상을 못했다.

홈리스가 소개해 주고 간 재일교포는 한국말을 상당히 잘했는데 어릴 적 한국인 학교에 다녔다고 했으며 현재 건물 철거 일을 하는 철거용역 사장이었다. 그는 웃으면서 원체 철거 일이 힘이 들고 위험해서 일본인들은 하려 하지 않아 일하는 사람이 대부분 중국인이나 동남아 사람인데 한국인도 몇 사람 있다면서 일하는데 말벗이 있어 심심하지는 않을 것이라고 말했다.

그렇게 나는 철거 일 하는 사람들의 숙소로 거처를 옮겼고 한동안 철거 일을 했으며 거기서 한국 사람을 한 사람 알게 되었는데 그 사람은 10년 전에 일본에 와서 곧바로 철거 일을 시작해서 오사카와 고베 지역은 일본인보다 더 잘 알고 있을 정도로 손바닥을 보듯 잘 아는 사람이었다. 이 사람의 도움으로 오사카 항으로 들어오는 러시아인들에게 러시아제 저격용 총과 신형 P408 소음권총도 구입했다.

나는 차근차근 준비를 해 갔고 오사카 시내에 문진리교 회당이 있는 것도 알아냈으며 문진리교에 우연을 가장하여 들어가려고 방법을 모색하고 있었다. 그러던 중 평소에 잘 가는 돼지국밥집 사장 아주머니가 말을 걸었다.

"오늘 철거 일은 좀 어땠어?"

"철거 일이 뭐 다 그렇죠. 많이 힘드네요."

"그렇지. 막노동인데 오죽하겠어. 그래, 오늘 수고했는데 막걸리 한잔 할 텐가?"

"좋죠, 주세요."

"근데 아직 총각인 것 같은데 일본은 어떻게 왔어? 물론 일본에 온 사람 치고 사연 없이 온 사람은 아무도 없지만 말이야."

"네. 한국에서 아무 생각 없이 일본에 놀러 왔다가 이러고 있네요. 한국에 가도 별다른 할 일도 없고 딱히 가지고 있는 기술도 없어서요."

"온 지는 얼마나 됐어?"

"이제 3개월 됐어요."

"그럼 이제 일본생활 시작이네. 난 벌써 일본 온 지 27년째야."

"그럼 20대에 오셨어요?"

"27살에 왔으니 벌써 54살이네. 세월이 참 빨라."

"그럼 일본사람 다 되셨겠네요."

"근데 총각도 불법체류지? 뭐 말해도 괜찮아 오사카에서 돌 던지면 맞는 사람의 3분의 1이 불법체류자야. 나도 불법체류자였는데 7년 전에 잡혔다가 풀려났어."

"풀려났다고요? 그럴 수도 있어요? 잡히면 강제출국 당한다던데."

"맞아. 나도 강제출국 당하는 줄 알았는데 20년간 장사해서 세금 가져 간 거 돌려달라고 변호사 사서 소송했지. 내가 20년간 낸 세금이 어마어마하거든. 지금은 불경기라 그렇지만 한때 장사 잘될 때는 사람들이 한 시간씩 기다리지 않으면 돼지국밥 먹지도 못했어.

나는 여기 시민도 아니고 살면서 세금은 다 냈는데 대우는 못 받으니 억울하잖아. 아무튼 그랬더니 특별 영주자 자격을 주더라고."

"아, 그러세요."

"내가 첫 케이스는 아니고 도쿄 지역에서도 그런 판례가 있었다고 하더라고. 불법체류자라도 세금만 잘 내고 범법행위를 한 사실만 없으면 영주권이 나와. 총각도 일본에 오래 있을 거면 돈 착실히 벌고 세금 꼬박꼬박 내. 근데 결혼도 해야 할 텐데. 일본 여자는 싫지?"

"아뇨. 일본여자가 어때서요. 국적이 문제가 아니라 사람이 어떠냐가 문제죠!"

"그럼 내가 소개해 줄까? 우리 회당에 가면 이쁘고 괜찮은 아가씨들 많아."

"회당요?"

"응. 나는 일요일마다 회당에 나가서 기도드리거든."

"무슨 회당인데요?"

"문진리교라고, 모르지?"

나는 순간 헉 하고 숨이 막혔다.

"네, 들어는 봤어요."

"그래? 그럼 잘됐네. 오사카 회당도 있는데 나는 고베 중앙본당에 나가. 멀지도 않아요. 차로 30분이면 가거든. 다닌 지도 오래됐고 내가 안 빠지고 잘 나가면서 헌위금獻噅金을 많이 내니까 직책도 하나 맡기더라고. 벌써 5년이 넘었지. 나름 파워 있다고! 호호!"

나는 태연하게 헌위금이 뭐냐고 물었다.

"헌위금은 교회에서 내는 헌금과 같은데 뜻이 다르지. 우리는 햇빛처럼 소중한 돈을 드린다는 의미가 있지."

"그렇군요. 그럼 이번 주 일요일에 나가면 되나요?"

"그래, 이번 주 일요일에 나가면 돼. 내가 차가 있으니까 여기로 10시까지 와."

"네, 사장님. 그렇게 하죠."

"총각이 말도 잘 들어 좋네!"

나는 정말 가뭄에 단비가 내린 것 같은 기분이었다.

벌써 일본에 온 지도 3개월째. 계획을 세워서 천천히 해 나간다고는 하지만 한 것이라고는 총 두 자루 산 거 외에는 막노동 철거한 것이 전부이니 정말 기쁜 일이었다.

그렇게 일요일에 돼지국밥집 사장님을 만나 고베에 있는 문진리교 본당으로 향했는데, 사장님은 종교행사에 가는 날이라서 그런지 완전 다른 사람으로 변신해서 혼다 최고급 4000cc 세단 레전드 승용차를 몰고 꼭 그룹 회장의 사모님처럼 나타났다.

"사장님, 완전 다른 사람인 것 같네요."

"아, 그래? 내가 국밥 팔면서 이러고 일할 수는 없잖아. 나도 예전에는 남자들 많이 따라 다녔어!"

"그랬을 것 같아요. 그런데 어떻게 일본까지 오셨어요?"

"나도 운명이 기구하지. 대학졸업하고 이름만 대면 다 아는 일류 호텔 프런트에서 일하고 있었어. 그러다 자주 오는 고객 눈에 띄어 프로포즈를 받았는데 일본 사람이더라고. 그때 내 목표가 빨리 시집가서 애들 잘 키우고 내조 잘하는 현모양처가 되는 것이었는데 내 속을 들여다 본 사람처럼 프로포즈를 하는 거야. 한국에서 무료한 생활도 싫고 해서 그냥 따라 왔지.

그런데 알고 보니 야쿠자 오야붕이었어. 돈은 물 쓰듯 쓰면서 내가 하고 싶은 것 다하고 살았는데 항상 감시가 따라 붙는 거야. 그게 싫어서 밖에도 안 나가고 집에만 있다 보니 어느새 우울증에 알코올중독에 나중에는 약까지 손을 대고 말았지.

남편이 안 되겠다 싶었는지 돈을 주며 한국으로 돌아가라고 해서 한국으로 갔는데 한국에서는 더 못살겠는 거야. 그래서 일본으로 돌아와 잠깐 술집 생활을 하다가 그것도 성격상 맞지 않아서 차린 것이 국밥집이야.

처음엔 남자 손님들이 밥 먹으러 왔다가 나중에는 나를 보러 일부러 오기도 했어. 한때는 이 일대에서 유명했지. 나를 건드리려는 건달도 있었는데 고베 지역 최고의 야쿠자 오야붕 부인이었다는 사실을 알고는 다들 도망가곤 했어. 이제는 옛날 이야기네…."

"그러셨군요."

그렇게 이야기를 나누다 문진리교 고베 중앙본당에 도착을 했는데 그 규모가 과천종합청사 정도 되는 것 같았다. 아무튼 무지하게 컸고 1층 간부전용 주차장에 주차한 후 안으로 들어갔는데 모든 게 이태리 대리석으로 만든 초호화 궁이었다. 밖에서는 잘 알 수 없게 해 놨지만 안으로 들어오니 그 웅장함과 엄숙함은 이루 말할 수 없었고 놀라지 않을 수가 없었다.

안에는 잔잔한 음악이 흐르고 다들 엄숙하게 일어서서 고개를 숙여 무언가 중얼거리며 기도를 하는 것인지 주문을 외우는 것인지 잘 모르겠지만 뭔가 쉴 새 없이 입을 움직이고 있었다.

이윽고 종교행사가 시작되었고 공교롭게도 오늘은 다카하시 부교주가 설교하는 날이었다. 심장박동이 빠르게 들리고 피가 거꾸로 솟는 듯한 기분이었지만 냉정함을 잃지 않으려고 혀를 꽉 물고 참으려고 노력했고 태연함을 유지했다.

다카하시 부교주의 설교는 인자와 자비를 말하고 있었으며 항상 감사하는 마음과 미래를 위해 준비하라는 내용이었는데 이중적인 인격과 가식에 구역질이 났고 얼굴에 침을 뱉어 주고 싶을 정도였다. 그렇게 한 시간 정도 지나자 은혜의 힘과 기氣를 불어 넣어 준다며 다카하시 부교주가 기도를 하기 시작했다.

“여러분은 행복해질 수 있습니다. 건강해질 수 있습니다. 많은 재물과 축복을 받을 수 있습니다. 큰돈이 생깁니다. 성공할 수 있습니다. 해낼 수 있습니다. 이 종교행사가 끝나면 집에 돌아가셔서 하고 싶은 것, 얻고자 하는 것, 다 얻을 수 있고, 가질 수 있고, 될 수 있습니다. 곧바로 실천하십시오.”

그리고 주문을 크게 외웠다.

“마야카라 마라쿠. 마야카라 마라쿠. 마야카라 마라쿠.”

그러자 신도들도 일제히 “마야카라 마라쿠! 마야카라 마라쿠!” 하고 외치면서 소리를 지르고 울고 부르짖으며 절규하기 시작했다. 그 순간 이것이 집단 최면이라는 것을 알 수 있었다.

그렇게 한참 지나고 다카하시 부교주가 말했다.

"몸이 아프신 분은 아픈 곳에 손을 얹어 주십시오. 기도해 드립니다. 그러면 씻은 듯 완치됩니다."

그러자 아픈 사람들이 제각기 머리, 팔, 가슴, 심지어는 생식기에도 손을 얹고 진지하게 기도를 기다리고 있었다. 다카하시 부교주의 기도는 또 다시 시작되었고 그는 더욱 열렬하고 강하게 힘 있게 기도했다.

"우리의 전지전능하시고 은혜로운 신, 능력의 참신께서 명령하시어 치료의 신이 그 명령을 받들어 우리의 아픈 곳을 어루만져 주시고 깨끗이 씻은 듯이 치유시켜 주실 것입니다. 믿습니까?"

그러자 신도들이 일제히 "믿습니다!"를 외치며 본당은 통성 소리로 아수라장이 됐고 그 광기어린 모습이 소름이 돋을 정도로 무서웠다.

나는 집단 최면을 거는 것을 말로만 들었지 실제로 처음 목격하는 것이어서 너무 놀랐다.

문진리교의 교리는 복잡했는데 우선 열두 가지 신이 있다.

그중에 제일 신이 참신이고 그 밑으로는 서열이 다 같은데 행복의 신, 기쁨의 신, 치료의 신, 재물의 신, 권력의 신, 사랑의 신, 지혜의 신, 아픔의 신, 여성의 신, 남성의 신, 마지막으로 직장의 신이 있다. 기쁜 일을 원할 때는 참신에게 기도하면 참신이 기쁨의 신에게 명령을 하여 기쁜 일이 일어난다는 식이었고 결혼을 못한 남자가 참신에게 간절히 기도하면 참신이 여성의 신에게 명령을 하여 여자를 만나게 해 준다는 논리를 펴고 있었다.

그런데 거기서 놀라운 것은 참신에게 본인이 직접 기도하면 그 기도의 힘이 10%에밖에 미치지 못하나 교주나 부교주가 기도를 드리면 100% 기도가 달성되기 때문에 간절히 원하는 사람은 교주나 부교주에게 부탁하는데 이 과정에서 돈을 바라기도 하고 예쁜 여자 신도의 경우에는 몸을 원하면 같이 하룻밤을 보내기도 한다는 것이었다. 그야말로 말도 안 되는 엉터리 논리의 완전 사이비 종교 중에 하나였다.

뿐만 아니라 부교주는 자기에는 기氣를 받는 사람은 아프지도 않고 매사에 하는 일이 잘되고 번창한다고 말하고 있었고 이를 정말 믿고 순서를 기다리며 부교주와 잠자리를 하려는 여성들이 밀려 있어 6개월이나 기다려야 순서가 온다는 것이다.

그렇게 기도가 끝나고 다카하시 부교주는 한참을 뭔가 생각하는 듯 눈을 감고 있다가 문득 말했다.

"이 중에 심장병으로 고생하시던 분이 고침을 얻었습니다."

그러자 어떤 여자가 손을 흔들며 기뻐했고 부교주가 다시 "류머티스성 관절염으로 고통당하셨던 분이 나았습니다."라고 하자 한 남자가 벌떡 일어나 90도로 인사를 하며 감격의 눈물을 흘렸다. 그리고 그렇게 열 가지 병을 이야기하고 고쳐졌다 말하는 것이 아닌가.

이것이 과연 진짜일까, 아니면 저들과 짜고 그러는 것일까 의심스러웠지만 만약 짜고 하는 것이 아니라면 저들은 정말 고쳐진 것이 아니고 순간 최면에 빠져 있어 고침을 받았다고 속고 있는 것이었다.

두 시간 가량 진행된 종교행사가 이미 끝났는데도 신도들은 자리를 일어날 생각을 하지 않았고 국밥집 사장님은 나에게 빨리 따라오라고 하더니 부교주실로 데려가서 인사를 시켰다.

나의 원수인 다카하시 부교주를 보니 마음이 떨리고 홍분이 되어 수차 침착하게 보이려고 했지만 너무나 힘들었다.

"부교주님. 이쪽은 제가 오늘 처음으로 데려온 총각입니다."

그러자 부교주가 "환영합니다. 형제님." 하고 한국어로 말했다.

"네, 반갑습니다."

나는 약간 놀라며 멋쩍은 인사를 했다. 그러자 다카하시 부교주는 물었다.

"어디 불편하신가요?"

"아닙니다. 종교행사 시간에 너무 감동을 받아 아직도 홍분이 가라앉지 않아서 그럽니다."

"아, 그러시군요. 첫날부터 감동을 받고 천상 우리 문진리교와 함께 하셔야 할 것 같습니다."

"네, 저도 그렇게 생각합니다."

옆에 있던 국밥집 사장님이 "아이고, 정말 잘 데려왔네요." 하며 너무 좋아하셨다.

다카하시 부교주는 자리에 앉으라고 하며 내선 폰으로 차를 가져오라고 시켰고 조금 있다 차가 세 잔 들어왔는데 많이 맡아 본 향이었다. 다름 아닌 비선초 차였다. 부교주가 말했다.

"이게 비선초飛善草 차라는 것인데 옛부터 중국에서 내려오는 신비의 차로 건강에 아주 좋습니다."

나는 여러모로 놀랄 수밖에 없었다. 부교주가 한국말을 너무 유창하게 하는 것에 놀라고 비선초 차가 들어와서 또 한 번 놀랐다.

그렇다. 다카하시 부교주는 원래 조총련 출신이었고 부모도 두 분 다 함경북도 무산 출신으로 북한 동포였다. 어릴 적부터 조총련 학교를 다녀서 한국말을 유창하게 할 수 있었던 것이다. 뿐만 아니라 비선초의 비닐하우스 재배에 성공한 후에는 고베규에게만 먹인 것이 아니라 한방 차로 판매하고 제법 많은 소득을 올리고 있기도 했다.

나는 다카하시 부교주로 인해서 모든 것을 잃었는데 반대로 부교주는 날로 부흥하며 번창하고 있었던 것이다.

게다가 청양 소가 악성소화수액 탄저균에 감염이 되어 청양 소 목장이 폐쇄되자 해외의 여론은 다시 고베규에 주목했고 청양 소만큼의 맛은 아니지만 그래도 빠르게 고베규가 다시 유명세를 찾아 예전의 자리로 돌아가고 있었다. 거기다 문진리교는 날로 번창하고 발전하며 축산업, 건축업, 항만업에 이어서 엔터테인먼트 사업까지 하고 이제는 대부업도 시작하여 다카하시 그룹으로 승격하려는 조짐도 있어 무너트리기에는 너무나 큰 산이었다.

그런데 왜 청양 소 하나에 그렇게 목숨 걸었던 것인지 궁금했다.

사실 문진리교에는 부교주가 둘이다. 다카하시 부교주는 축산업과 항만업을 맡고 있었고 또 한 명의 부교주가 건축업을 맡았으며 최근에 엔터테인먼트 사업과 대부업까지 사업을 확장하여 운영하고 있었던 것인데 그 규모가 축산업이 제일 크고 해외에서 외화를 가장 많이 벌어들어 오는 효자종목이었던 것이다.

어려서부터 소를 키우던 부모 밑에서 자란 다카하시 부교주는 소에 관해서 만큼은 둘째 가라면 서러울 정도의 베테랑이라서 고베규의 명성이 떨어지는 것은 용납할 수 없었다. 또한 청양 소 때문에 고베규의 관계자들이 하나둘 목숨을 잃자 자신의 인지도가 떨어져 1인자로 올라가는 데 어려움이 생길 것 같아 악성소화수액 탄저균을 만들어 청양 소를 정리했던 것이다.

내가 잠시 멍하게 있자 부교주는 내게 무슨 일을 하냐고 물었다.

"건축 철거 일을 하고 있습니다."

"우리도 건축업을 하고 있는데 참 잘 되었군요. 저희 회사에서 같이 일하는 것도 생각해보세요. 나름 규모가 있어서 보수도 괜찮을 겁니다."

"저야 불러만 주신다면 영광입니다."

"그럼 지금 취업비자로 일하고 계신 거죠?"

"아닙니다. 불법체류입니다."

"아, 그러시군요. 일본에 불법체류자가 300만 명이라서 정부에서도 어떻게 할 수가 없는 실정입니다. 이들을 내보내려면 엄청난 예산과 인원이 필요하고 만약 내보낸다고 하면 일본 경제는 무너져버립니다."

"불법체류자를 내보내면 일본 경기가 무너진다고요?"

"그럼요, 현재 3D 직종에 종사하는 사람은 100% 불법체류자들이에요. 어제 오늘 일이 아니라 벌써 20년 정도 됐습니다. 이 사람들이 빠져 버리면 내수가 무너지고 당장 해외 수출하는 모든 기업의 하청업체들이 문을 닫게 되죠. 그 인력이 어마어마한 숫자이기 때문에 내보낼 수가 없는 겁니다. 일본에서 내보내려고 했다면 못했겠습니까?"

"그렇군요."

"그래서 일본은 오히려 불법체류자에게 합법적으로 체류할 수 있는 방안을 검토 중에 있습니다. 그래야 관리를 할 수 있고 이들에게 정당하게 세금도 받을 수 있고 불법체류자의 범죄도 예방하기 수월하죠.

불법체류자가 범죄를 저지르면 솔직히 잡을 방법이 없거든요. 주거 등록도 안 되어 있고 직장에서 고용보험도 의료보험도 안 되어 있기 때문에 현장에서 바로 검거하지 않으면 찾을 길이 없어요. 그래서 불법체류자들의 범죄가 더 증가하게 되는 원인이 되는 것이죠. 조만간 합법적으로 체류하실 수 있을 겁니다."

그러자 국밥집 사장님이 말했다.

"그래서 제가 우리 본당에서 이쁜 아가씨를 소개할까 해서요. 그러면 결혼으로 특별체류비자도 나오고 좋은 아가씨와 만나서 좋고 여러모로 괜찮은 거 같아서요."

다카하시 부교주는 빙그레 웃으면서 대답했다.

"괜찮겠네요. 저도 한번 알아보죠."

다카하시 부교주와의 만남은 그렇게 시작되었고 예상했던 것보다 더 쉽게 접근이 가능해져서 더욱 복수의 칼날을 갈고 한발 앞으로 나가는 계기가 되었다.

문진리교와 다카하시 부교주에 대해서 좀 더 깊이 알게 되자 이 단체를 무너트리려면 장기전으로 가야 할 것 같다는 생각이 들었다. 그래서 한국에 한 번 나갔다 다시 와야겠다고 결심한 후 일단 한국으로 갔다. 그리고 브로커를 통해 실종자의 이름으로 여권을 만들어 비행기가 아닌 비교적 입국이 수월한 배로 오사카에 다시 들어왔다.

5일 만에 다시 들어온 오사카와 고베는 이제 전혀 낯설지 않았고 오사카에서 먹는 우동은 이제 너무나 친근해져 있었다.

그리고 다시 토요일이 되자 국밥집에 들렀고 국밥을 한 그릇 시키자 사장님이 말했다.

"왜 이제야 와."

"왜요? 무슨 일이라도 있나요?"

"다카하시 부교주가 총각을 잘 봤나 봐. 멋진 아가씨 한 명을 소개한다고 며칠 전부터 연락이 왔는데 총각이 오지도 않고 연락처도 모르니 말이야. 일하는 회사에 전화를 해보니 도쿄에 아는 사람 만나러 간다고 했다면서 없다고 하더라고."

"아, 네. 누구 좀 만나고 왔어요."

"나는 아예 간 줄 알고 걱정을했네."

"가기는요, 제가 어디를 가겠어요."

"그럼 내일 본당에서 만나는 것으로 할 거니까 늦지 말고."

"네, 사장님. 감사합니다."

다음 날 나는 양복을 멋지게 차려 입고 국밥집 앞으로 갔는데 국밥집 사장님이 처음엔 나를 몰라봤다.

"사장님, 저 왔어요."

"에고, 이게 누구야! 완전 다른 사람이네. 진즉 이러고 다니지! 암튼 빨리 타."

사장님은 내가 차에 타자 바로 유턴해서 본당으로 향했고 계속 이야기가 오고 갔다.

"이번에 소개받을 사람은 고베에서 변호사로 일하는 아가씨야. 나이는 총각이랑 같고 오사카 대학을 나온 인재야. 다만 가족이 없는 게 흠이지. 고아래. 어릴 때 교통사고로 가족이 그 자리에서 사망했는데 이 아가씨만 살았지. 고아이지만 번듯하게 잘 자랐다고. 오히려 총각에게는 좋을 수도 있어. 여자가 변호사인데 만약 부모가 다 계신다면 불법체류자에게 시집 보내겠어. 안 그래?"

"그렇죠, 안 보내죠."

"그리고 일본인이지만 전공은 한국어학과라서 한국말을 엄청 잘하니까 총각은 땡 잡은 거야. 말이 통해야 사랑을 하던 살림을 하든 할 거 아니야! 여자도 성품이 좋아서 남자 인물도, 직업도 안 보고 다카하시 부교주가 가라는 대로 가겠대. 신앙심도 아주 좋아."

“네, 그렇군요.”

내심 걱정이 앞섰다. 복수를 하려고 한 여자를 이용해야만 하는지, 이런 결혼을 꼭 해야만 하는지. 여자에게 너무 미안했다.

본당에 도착해서 안으로 들어가 종교행사에 참석했고 두 시간 동안 멍하니 아무 생각도 나지 않았다. 종교행사가 끝이 나자 바로 국밥집 사장님과 부교주 사무실로 들어갔고 5분 정도 앉아 있으니 여자가 한 명 들어왔는데 상당한 미인이었다.

다카하시 부교주가 여자를 소개했다.

“이쪽은 유미 씨입니다.”

순간 심장이 멎는 것 같았다.

공교롭게 죽은 아내와 같은 이름이었고 이름을 듣는 순간 편두통이 오는 것처럼 머리가 지끈거렸다.

“이분은 한국에서 오신 형제님이에요.”

“반갑습니다. 정태수라고 합니다.”

“만나 뵙게 되서 반갑습니다.”

와타나베 유미渡辺由美라는 여자는 전혀 일본인이라는 느낌이 들지 않을 정도로 한국말을 유창하게 했다.

“한국말을 아주 잘 하시네요!”

“별말씀을요. 조금 합니다”

“한국 사람처럼 한국말을 하시는데요!”

“감사합니다. 대학에서 한국어를 전공했습니다.”

다카하시 부교주는 유미 씨가 현재 변호사로 일하고 있고 문진리교에서도 여성지도위원으로 앞날이 창창한 인재라고 소개하며 칭찬을 아끼지 않았는데 첫인상이 상당히 바르고 예의가 있으며 품위 있는 여자로 보여서 더욱 마음이 무거웠다.

차를 마시며 이야기를 나누다가 다카하시 부교주가 점심을 먹으러 가자고 해서 다 같이 그의 집으로 식사를 하러 자리를 옮겼다. 앞에서 최신형 베이지색 벤틀리가 먼저 길을 안내했고 국밥집 사장님의 차가 그 뒤를 따라 고베 외곽으로 한 20분 정도 달리자 큰 저택이 하나 나왔다.

저택의 철문 앞에 서자 경호원 두 명이 빠르게 튀어 나왔고 소리를 감지하는 센서가 달린 CCTV가 번호판을 자동 으로 인식하고 나니 철문이 자동으로 열리기 시작했다.

철문을 통과하자 잘 가꿔진 아주 큰 정원이 나왔는데 위로 150미터 정도 올라가니 정장을 입은 남자 두 사람이 기다리고 있다가 차문을 열어주었다. 한 사람은 경호원인 것 같았고 또 한 사람은 저택의 집사라고 직접 자기소개를 하면서 인사하고 안으로 안내했다.

안내받은 곳은 3층의 테라스였다. 맑은 공기를 마시며 먹음직한 음식들이 넘치도록 차려 있었으며 그 옆에는 후식 코너가 준비되어 나비넥타이를 한 젊은 직원이 해맑게 웃으며 서 있었다. 음식은 다 맛이 좋았지만 그중에서 가장 맛있던 것은 고베규로 만든 샤브샤브와 말 사시미 그리고 연어고기였다.

한참 식사를 하다가 정원 쪽을 바라보니 검은 정장을 한 건장한 사람 둘이서 독일산 개 로트와일러를 끌고 순찰을 돌고 있었는데 경계가 상당히 삼엄했다.

그렇게 맛있는 식사를 하고 있었는데 부교주가 결혼은 언제쯤이 좋으냐며 물었다. 너무 황당했다. 그런데 유미라는 일본 여성은 미소를 띠며 "교주님이 잡아주는 날에 따르겠습니다."라고 하는 것이 아닌가?

만난 지 서너 시간밖에 되지 않았는데 결혼 날짜를 잡으라고 하는 것 자체를 이해할 수 없었지만 교주님이라고 말하는 것에 더욱 놀랐다.

문진리교는 결혼도 마음대로 할 수가 없었는데 교단에서 정해 주는 사람과 해야 했다. 특히 간부의 말은 어느 누구도 거역할 수 없고 거역하면 파면은 물론이고 소리소문없이 제거되기 때문에 따르는 것이 정석이라고 보면 맞았다.

뿐만 아니라 임원 혹은 간부급 인사들은 자기들만의 공화국을 형성하여 병원도, 대학도, 심지어는 대형마켓도 자기들만 들어갈 수 있는 곳을 만들어 공유하며 무리를 지어 살았고 외부와는 단절된 삶을 살고 있었다. 어떻게 보면 풍요로워 보일 수도 있었지만 자체적으로 관리하기 수월하게 시스템을 구축해놓은 다카하시 부교주의 하나의 방법이라고 볼 수 있다.

유미 씨가 교주라고 불렀을 때 순간 잘못 들었나 했지만 다카하시 부교주의 영향력이 강해져서 이제 곧 교주로 승격되며 사실상 문진리교는 이제 다카하시 부교주가 통치한다고 해도 과언이 아니었고 대세는 이미 그렇게 흘러가고 있었다.

다카하시 부교주는 다음 달 22일이 교단 창립 22주년이고 이때 교주 취임식 겸 22쌍의 합동결혼식을 거행할 것이라며 22쌍 중의 한 쌍이 되는 영광을 줄 테니 어떠냐고 물었다. 유미 씨는 너무 기뻐서 감사하다는 말을 연이어 반복했고 나는 그 분위기에 휩쓸려 거기에 동의하고 말았다.

그렇게 식사 중에 결혼 날짜를 잡아 버렸고 마음은 편치 못했지만 내색할 수 없어 많이 불편했는데 식사를 마친 후 돌아오자마자 먹은 것을 다 올려버렸다. 그리고 세수를 하며 세면대에 비친 자신을 보면 생각했다.

'이영일. 대체 무슨 짓을 하고 있는 거야.'

나는 자신의 의도와 다른 길로 접어드는 것이 싫었고 많이 괴로웠다. 도무지 뭔가에 홀린 듯한 기분은 뭐라 말로 표현할 수 없었다.

일주일 후 다카하시 부교주가 호출하여 본당 사무실로 찾아갔는데 자기네 건설회사의 재건축 리모델링 관련 일을 해보라고 하며 실내 목공팀과 타일팀이 있는데 어디서 근무하고 싶냐고 해서 타일팀에서 일하게 됐다.

처음에는 타일에 대해서 아는 것이 없어서 타일과 시멘트 그리고 세라픽스를 나르고 반죽하는 대모도 일을 했고 워낙 손재주가 좋았던 나는 일 배우는 속도가 엄청나게 빨라서 한 달 만에 대모도를 하는 조공에서 기술공이 하는 기술을 전부 다 할 수 있게 되었다.

하루는 퇴근하는데 스스로가 지금 무엇을 하고 있는지 왜 이러고 있는지를 생각했다. 그러면서 복수의 열의가 줄어드는 자신을 한심하게 생각하며 왜 일본에 왔으며 왜 지금 이 자리에 있는지 그 이유를 잊지 않기 위해 매일 저녁 금식을 하고 좌선을 하며 정신을 가다듬기 시작했고 목표를 위한 열의를 충동질했다.

그렇게 결혼식 날은 다가왔고 본당에서 다카하시 부교주의 교주 취임식 및 22쌍의 합동결혼식이 성대하게 펼쳐졌다. 그중에는 자민련 총재와 방위성의 제1차관급 인사도 포함되어 있었다.

나는 어떻게 보면 남들이 정말 어렵게 올라가야 할 과정을 손쉽게 올라가고 있었다. 그 이유는 문진리교의 세가 확장됨에 따라 일본에 거주하고 있는 주재원 신도가 늘어나고 있었고 이들을 관리할 사람이 상당히 부족했는데 나를 여성 간부와 결혼시켜 관리자로 승격시켜 이용하려는 취지였다. 세상에 공짜는 없는 법. 뭔가 순조롭게 급속도로 지위가 올라가는가 싶었더니 그런 내막이 있었던 것이다.

그렇게 결혼했고 신혼여행도 단체로 오키나와로 갔다. 모든 경비는 교단에서 지불했고 호텔도 오키나와에 있는 교단의 휴양시설을 무료로 이용했다.

3박 4일 간의 신혼여행을 갔다 오자 건축업을 총괄하는 또 한 명의 부교주 도쿠가와 이치로德川一浪 부교주의 호출이 있었다.

"앉으세요."

한국말이었다.

그렇다. 문진리교의 20%가 재일교포이고 가장 큰 세력인 다카하시 부교주와 도쿠가와 부교주는 어릴 때부터 조총련 학교를 같이 다니던 친구 사이였다. 둘은 현재 교단 내에서 가장 큰 영향력을 행사하고 있었는데 도쿠가와 부교주는 본인이 교주 자리에 오르려고 많은 노력을 했는데도 다카하시 부교주가 교주로 승격하자 심히 괴로워했고 호시탐탐 교주의 자리를 노리는 자였다.

"우선 결혼 다시 한 번 축하드립니다."

"감사합니다."

"지금 현재 건축 리모델링 사업부에서 근무하시고 계시죠?"

"네. 그렇습니다."

"다름이 아니고 우리가 금융업도 하시는 것 아시나요?"

"네, 알고 있습니다."

"그래서 말인데, 대출사업부에서 일해보는 것은 어떻습니까?"

"저야 어디서 일을 하든 열심히 할 것입니다만, 제 마음대로 이동할 수 있는 것인지 잘 모르겠습니다."

"내가 인사부에 지시하고 교주에게도 이야기하면 됩니다."

"그렇다면 열심히 한번 해보겠습니다."

"그래요. 잘 해보세요. 건축일과는 다소 차이가 있겠지만 금융일도 배우면 도움이 많이 될 겁니다. 게다가 이쪽 일이 승진이 더 빨라요. 교단에서 평판도 좋고 특히 배우자 되는 유미 씨는 우리 교단의 최고 엘리트예요. 고베 지역 변호인협회 사무장으로도 일하고 있어서 파워도 상당하죠. 알고 계시죠?"

"아뇨. 변호인협회 사무장으로 일하고 있는 것은 몰랐습니다."

"그래요? 그뿐 아니라 우리 교단과 회사의 모든 법률적인 것을 도맡아 하고 있습니다. 아직 모르셨군요!"

"네. 오늘 알았습니다."

"아무쪼록 열심히 일하시다 보면 좋은 일이 많이 있을 겁니다."

"열심히 하겠습니다."

그렇게 대출사업부에서 근무하기 시작했는데 하는 일이라고는 술집 아가씨들에게 일수를 받으러 다니는 것이었고 돈을 떼먹고 달아난 사람들이 있으면 일본 전 지역을 돌아다니며 잡아오는 일이었다. 적성에 맞지 않는 일이지만 꾹 참고 오기로 더 열심히 했다. 그렇게 해서라도 신임을 얻어 교단 내부의 깊은 곳까지 관여할 수 있는 위치까지 올라가야만 했기 때문이다.

3개월 후, 돈 5억 엔을 빌리고 차일피일 미루는 야쿠자에게 돈을 받아 오라는 지시가 내려왔는데 피치 못할 상황이면 죽여도 괜찮다는, 생각보다 큰일이 맡겨졌다.

나는 이번이 기회라고 생각하고 혼자서 권총 한 자루와 단검 한 자루를 허리에 차고 야쿠자 사무실을 찾아갔다.

야쿠자 사무실의 벨을 누르니 누구냐고 물었고 돈 받으러 왔다고 하니까 어이가 없었는지 험상궂게 생긴 짧은 스포츠 머리를 한 덩치가 문을 열고 나왔는데 나오는 것을 문을 손으로 세게 밀고 충격을 준 후에 문을 열어 무릎으로 복부를 가격하자 덩치는 바닥에 푹 하고 쓰러졌다. 이 소리를 듣고 안에서 서너 명이 후다닥 달려 나왔지만 통로가 좁아서 한 사람씩 밖에 공격할 수 없는 공간이었다.

제일 먼저 달려드는 사람은 가볍게 왼손의 검지와 중지로 상대의 목 부위를 찔러 제압했고, 주먹을 휘두르며 달려드는 상대는 살짝 얼굴을 피하자 스스로 벽을 쳐서 손을 잡고 펄쩍펄쩍 뛰기 시작했다. 또 다리에서 칼을 꺼내들어 복부를 향해 깊숙이 찔러 들어오는 것을 그대로 왼손으로 방향을 살짝 비껴서 유합도柔合道 입신入身던지기로 바로 바닥에 던져버렸다. 입신던지기란 말 그대로 몸을 안으로 들어가 내가 상대의 공격을 기다리는 것이 아니고 먼저 기술을 걸어서 처리하는 기술이다.

세 명이 바닥에 처박히는 모습을 본 나머지 한 명은 벽에 걸린 일본도日本刀를 뽑아들고 징그럽게 웃고 있었다. 내가 아무런 표정 변화 없이 무덤덤하게 다가가자 칼을 들고 있던 야쿠자가 오히려 뒤로 한발씩 물러나기 시작했다. 그러다가 벽에 등이 닿고 더 이상 갈 곳이 없자 힘껏 정면으로 일본도를 내리쳤다.

내려오는 일본도를 왼쪽으로 살짝 회전시켜 상대의 팔꿈치를 내 팔의 안쪽에 올려놓고 순간 충격을 가한 후 호흡던지기로 던져버렸다. 호흡던지기란 순간 상대의 공격에 타이밍을 맞춰서 기氣를 발산하여 던지는 유합도柔合道의 고급기술이다. 일본도를 내리치던 야쿠자는 비명을 지르며 창문 밖으로 날아갔고 사무실은 조용하게 정적이 흘렀다.

방이 네 개 있었는데 첫 번째 방을 열어보니 아무도 없었고 두 번째 방을 열어봐도 아무도 없었다. 세 번째 방을 열려고 하다 느낌이 이상해서 허리에서 단검을 꺼내 들었고 방문을 조심스럽게 열고 들여다보니 책상을 등지고 의자에 앉아 있는 사람이 있었는데 담배를 피우고 있는지 담배연기가 위로 계속 올라가고 있었다.

잠시 후 의자에 앉아 있던 야쿠자 오야붕이 말했다.

"오신 것을 환영합니다. 그런데 남의 사무실을 방문할 때 원래 그렇게 예의 없이 소란을 피우십니까?"

오야붕의 말투는 차분하며 전혀 긴장하지 않은 낮고 굵은 목소리였다.

"소란을 피워서 죄송합니다. 돈만 주신다면 조용히 물러가겠습니다."

"난 당신에게 돈을 빌린 적이 없는데."

"문파이낸스에서 빌리셨죠? 제가 담당자입니다. 그래서 받으러 왔습니다."

"아! 그러신가? 담당자가 바뀌면 연락이라도 하든가 인사라도 와야지, 안 그럼 알 수가 있나. 허허."

"그래서 수금도 할 겸 인사차 왔습니다. 이제 말씀은 그만하시고 돈을 상환하시지요."

"못주겠다면?"

"그럼 돈이 나오게끔 제가 해드리겠습니다."

그러면서 한발 다가서려 하자 오야붕은 순간 의자를 180도 돌려서 총을 겨누려고 했다. 나는 오른손으로 들고 있는 단검을 재빠르게 던져 오야붕이 총을 겨누려고 했던 손에 정확히 명중시켰고 "으악!" 하는 소리와 함께 총이 바닥에 떨어지면서 단검은 책상 위에 떨어졌다. 오야붕이 책상 위에 있는 단검을 슬그머니 집으려 하는 모습을 본 내가 말했다.

"야쿠자 오야붕이라는 사람이 그렇게 비겁하면 되겠습니까!"

나는 총을 꺼내들고 "내려놓으시지요." 하고 말했다. 오야붕은 단검을 그대로 내려놓았다.

"일본말이 어색한 거 보니 외국인인 것 같은데 이렇게 날뛰고 무사할 것 같은가?"

"어차피 일본에서 죽으려고 마음먹고 있습니다. 제 걱정은 마시고 사장님 걱정이나 하시죠? 돈을 내놓으시겠습니까? 아니면 그냥 영원히 재워 드릴까요?"

나는 총을 오야붕의 관자놀이에 들이댔다.

"지금은 없네. 일주일 있다가 오게."

"그럼 사장님의 한쪽 귀를 담보로 가지고 가겠습니다. 일주일 후에도 약속을 지키지 않으면 그때는 머리를 가지고 갈 것이니 명심하십시오."

그러면서 책상 위에 있는 단검으로 야쿠자 오야붕의 한쪽 귀를 잘랐는데 순간 피가 천정까지 솟구쳐 올라갔다. 나는 자른 귀를 책상 위에 있는 서류 봉투에 담고 손수건을 꺼내서 던져주고는 사무실을 유유히 빠져나와 대출사업부 사무실로 이동했다. 사무실에 들어가자 바로 도쿠가와 부교주의 호출이 있어 대표실로 올라가 노크했다.

"들어오세요. 여기 앉아요. 무술 실력이 아주 뛰어나던데 그게 무슨 무술입니까?"

"유합도라는 한국정통무술입니다. 그런데 어떻게?"

"실은 정 상柾さん을 간부로 올리려고 하는데 무작정 올릴 수도 없고 실력이 어느 정도인지 알아야 하기 때문에 시험을 해본 것이오. 물론 CCTV로 모든 행동과 말까지 다 보고 듣고 있었어요. 기분이 나빴다면 이해해 주세요."

"아니요. 기분이 나쁘진 않습니다만, 그 사람들이 많이 다쳤을 텐데요."

"아, 그건 신경 쓰지 마세요. 회사를 위해서는 목숨도 버리는 사람들입니다. 일본에서 자살폭탄테러하는 우익단체들보다 더 무서운 정의감으로 뭉쳐있는 단체가 우리 단체입니다. 앞으로 문파이낸스의 간사이 지방關西地方 총괄본부장을 맡아주세요."

"제가 그렇게 큰 자리에 올라도 되겠습니까?"

"물론이죠. 그리고 주차장에 가면 오늘부터 본부장이 타고 다닐 차가 있을 것이요. 키는 여기 있어요."

"감사합니다. 열심히 하겠습니다."

나는 어릴 적부터 유합도라는 무술을 주지 스님에게 배웠기 때문에 무술에 아주 능통해서 보통 남자 다섯 명 정도는 순식간에 제압할 수 있는 실력을 갖추고 있었고 마음만 먹으면 목숨도 빼앗을 수 있었다.

그렇게 나는 간사이 지방을 총괄하는 본부장으로 승진했지만 기쁘다기보다는 아주 무서운 집단이라는 생각에 소름이 돋았다. 회사를 위해서 목숨도 버리게 교육시키는 이런 단체는 세상 어디에도 없을 것이고 그런데도 계속 성장해 나간다는 것이 너무나 의아했다.

어찌되었건 생각보다 수뇌부로 들어가는 것이 빠르게 진행되어서 목표를 달성하기 한결 쉬워지긴 했지만 자칫 방심을 하다가는 위험할 것 같다는 느낌이 뇌리에 깊게 새겨졌다.

하루 일과를 마치고 집으로 돌아가려고 주차장에 내려갔더니 흰색 신형 벤츠650이 번쩍번쩍 빛나며 나를 기다리고 있었다. 4억 원이나 하는 이런 차를 대수롭지 않게 준다니. "인생 굵고 짧게 살아보자는 사람들에게는 문진리교가 적격일지도 모르지." 하고 중얼거리면서 차에 올라탔다. 액정 화면을 터치하자 부드럽고 강한 엔진음이 들리며 시동이 걸렸고 자동으로 안전벨트가 채워지며 헤드라이트가 켜졌다.

신혼집은 간부들이 모여 사는 최고급 70평짜리 주택이었는데 두 사람이 살기에는 너무나 호화스러웠다. 집에 도착하니 유미 씨는 벌써 퇴근해서 상다리가 휘어질 정도로 맛있는 음식을 가득 차려놓고 빙그레 웃으면서 축하한다고 박수를 치며 다가왔다.

"승진 축하드려요."

"그걸 어떻게 벌써 알았소?"

"실은 제가 교주님께 부탁했어요. 하지만 당신이 실력이 있어서 된 것이지 부탁한다고 무조건 되는 곳이 아니잖아요."

"고마워요. 하지만 그런 부탁 같은 것은 앞으로 하지 말았으면 해요."

"네. 이제 그런 부탁하지 않을게요. 저도 당신이 싫어 할 것이라는 것쯤은 알아요. 하지만 능력이 있으면 거기에 맞는 자리에 있어야 한다는 것이 제 생각이거든요."

"아무튼 고맙소."

"당신이 좋아한다는 김치찌개 했어요. 어서 식사해요, 우리."

"그래요."

그렇게 맛있는 저녁을 먹고 두 사람은 잠자리에 들었다.

3개월 후. 문파이낸스는 간사이 지방에서 점점 세력이 확장됐고 짧은 시간에 대부업에서 상위 자리로 솟구치면서 빠른 변화를 보이고 있었으며 나의 파워도 급상승해서 부교주가 신뢰하는 사람으로 성장하고 있었다.

하루는 간부회의에서 부교주의 표정이 어두워져 있는 것을 보고 내가 먼저 말을 건넸다.

"무슨 안 좋은 일이라도 있으십니까?"

"안 좋은 일이라! 좋은 일이 없으니 안 좋은 거 아니겠나. 자네 나 좀 도울 텐가?"

"당연히 도와야죠. 무슨 일로 고민을 하시는지?"

"내가 교주가 되어야겠어. 자네의 힘이 필요한데…."

나는 순간 당황했지만 오히려 잘 됐다 싶어 아무렇지 않은 듯 말했다.

"무슨 말씀인지 알겠습니다. 제가 어떻게 하면 되겠습니까?"

"자네를 다시 교주 밑으로 보낼 테니 교주의 동태를 살피고 교주에게 신뢰를 얻어서 작업에 들어가도록 하자고. 그리고 항만업에 좀 더 많은 신경을 쓰고 세부적인 것을 알아보도록 하게. 아무래도 뭔가가 이상해."

"네. 알겠습니다."

그렇게 나는 도쿠가와 부교주가 교주가 되도록 돕는 역할로 행세하며 다카하시 교주가 이끄는 항만진흥회의 부장으로 발령을 받아 근무했다. 처음에는 아무것도 모르니 일주일간 업무파악을 했는데 주요업무는 배를 선주에게 빌려주어 연간 수입을 받고, 20척의 8,000톤급 배로 화물을 실어 나르며, 마지막으로 고베-도쿄 간 여행 페리호를 운영하는 것이었는데 그 규모가 상당했다.

그렇게 몇 달을 근무하고 있다가 이상한 점을 발견했는데 어느 날 의문의 대형 선박 하나가 중국으로 출항한다는 것이었다. 뭔가 이상하다는 것을 예감하고 출항내역을 뽑아 봤는데 6개월에 한 번씩 출항을 하는 무역선으로 표기되어 있어 현장에 나가서 살펴보기로 했다.

배 안에는 중국으로 수출되는 밀과 통보리가 대부분이어서 별다른 점을 발견하지 못했다. 그때 우연히 북한말을 하는 두 사람의 대화를 듣게 되어 조심스럽게 뒤를 따라 가보니 배의 제일 밑 부분 화물칸에 뭔가 모를 장비를 분주하게 정렬하고 있었다. 그래서 책임자가 누구냐고 물었는데 그쪽에서 거칠게 당신은 누구냐고 하는 것이었다.

"나는 여기 총괄부장인데, 당신은 누구요? 소속을 밝히시오!"

그러자 그 사람이 갑자기 어디론가 전화를 하더니 나를 바꿔주는 것이었다.

"여보세요."

—네, 부장님. 저 아키야마秋山 과장입니다.

"그래. 중국으로 가는 선박에 무슨 장비를 싣고 있는 건가?"

—네, 교주님 지시로 매년 2회 보내는 특별 오더입니다.

"특별 오더? 내용물이 뭔가?"

—그게, 저….

"빨리 말하지 못해?"

—중장거리 미사일의 부품과 화학무기에 쓰이는 재료입니다.

"뭐라고? 왜 이야기하지 않았지?"

—교주님의 특별지시로 아무에게 알리지 말라는 명령이 있었습니다.

"그래, 알겠네. 그럼 나도 모르는 것으로 하지."

전화를 끊고 사무실로 갔고 이 무기가 어디서 오며 어떤 내용인지 철저하게 조사했다. 무기는 중국으로 가는 것이 아니고 북한으로 가는 것이었는데 겉으로는 무역선으로 가장하여 중국 대련으로 가는 것이었지만 돌아오는 길에 북한 단동에 무기를 내려놓고 오는 것이 주요목적이었다.

이 엄청난 것들을 어떻게 빼돌려 북한으로 보내는지 정말 이해가 가지 않았는데 그때 결혼식이 떠올랐다. 22쌍의 합동결혼식에는 방위청 제1차관급 인사가 있었다.

그렇다. 문진리교의 핵심 간부 중 한 명인 방위청 야마모토山本 차관이 방위청의 무기를 빼돌렸고 그 무기가 다카하시 교주에 의해서 북한으로 옮겨지고 있는 크나큰 일 이었던 것이다. 그는 북한이 보유하고 있는 화학탄의 재료가 되는 생화학물질 70% 이상을 공급하고 있었다.

요즘 북한은 적화무력통일의 원년의 해로 정하고 수시로 전쟁의 공포를 이야기하며 한국에 온갖 협박과 무력통일의 계획을 전하고 있는 실정이다 특히 방사능 물질의 생화학탄을 서울과 부산을 포함한 다섯 개 도시에 떨어트려 이틀 안에 전쟁을 완료하겠다는 시뮬레이션을 계속 한국에 보내고 있으며 이를 해외토픽에서도 연일 다루고 있었다.

골똘히 생각해보니 이는 나만의 단순한 복수로 끝날 것이 아니고 이를 막지 않으면 앞으로 엄청난 일이 벌어질 수도 있다는 것을 예감이 들었다. 그리고 어떻게든 막아야 한다는 사명감이 생기기 시작했다. 하지만 무엇을 어떻게 해야 할지 판단이 서지 않아 하루하루 고민이었다.

그런 나를 보고 유미 씨가 물었다.

"여보, 무슨 고민 있어요?"

"아니, 고민은 무슨."

"안색이 많이 안 좋아요!"

"그래? 난 모르겠는데."

"업무가 바뀌어서 적응이 힘들어요?"

"아니야. 힘들기는 오히려 더 편해."

"그래요. 너무 무리하지 마세요."

"알았어. 걱정하지 마. 요즘 문그룹이 탈세에 연루되어 있던데 당신이야말로 힘들겠어."

"아, 네. 조금 신경은 쓰이지만 크게 걱정할 정도는 아니에요. 오히려 얼마 전 문진리교를 탈퇴한 사람이 모임을 만들어서 활동하다가 문진리교는 악마의 집단이라고 외치며 분신자살을 해서 검경합동수사가 벌어지고 있는데 그것 때문에 더 머리가 아파요. 제가 변호인이 되었거든요."

"나도 어제 뉴스를 봤어. 왜 그런 거야?"

"전에 임원으로 있다가 공금을 횡령해서 쫓겨났는데 자기는 억울하다고 하더니 나중에는 문진리교에서 퇴출된 사람들과 단체를 만들고 급기야는 분신자살까지 했네요."

"그렇군. 힘들겠네."

"하지만 곧 잘될 거예요. 염려 마세요."

"그래, 잘돼야지! 여보, 나 먼저 나가볼게. 오늘 항구에 나가봐야 해서."

"그래요. 저녁에 봐요. 퇴근 전에 전화 꼭 하세요."

"그래, 알겠어."

나는 집을 나와서 곧장 도쿠가와 부교주의 사무실로 향했다.

"뭐라고? 다카하시가 북으로 중장거리 미사일의 부품과 생화학무기의 재료를 보내고 있다고?"

"네, 확실합니다. 제가 발견했고 몰래 이렇게 소형 만년필 카메라로 촬영까지 했습니다."

"그래, 다카하시 드디어 잡았어."

"어떻게 하실 겁니까?"

"어떻게 하긴 잡아넣어야지!"

"자민련 총재를 비롯해서 정치 수뇌부에서 조만간 풀어주지 않겠습니까?"

"과연 그럴까? 이건 보통 사안과는 달라. 무기를 북으로 빼돌리는 거라고. 그것도 가장 중요한 중장거리 미사일의 부품을…. 일본이 가장 두려워하는 나라가 어디라고 생각하나?"

"북한입니까?"

"그래, 맞아. 북한이야. 모르는 사람들은 중국이라고 생각하는데 절대 그렇지 않아. 중국은 결코 일본을 공격할 수가 없지. 자신들이 일본을 건드려서 좋을 게 단 하나도 없으니까! 중국의 모든 수출품의 82%가 일본으로 가고 있어 자네 같으면 건드리겠나? 오히려 더 친하게 지내도 시원찮을 판에.

하지만 북한은 다르지, 지금 식량난에 허덕이며 자체붕괴 일보 직전이야. 그렇다고 핵을 보유하고 있는 한국을 상대로 싸울 수는 없고 가장 만만한 것이 일본이거든. 일본은 군사시설은 세계 최강이지만 패전국가라서 핵을 보유할 수도 만들 수도 없잖아. 다만 경제대국이라서 여지껏 굳건히 자리를 지키고 있었던 것이지."

"하지만 북한은 지금 한국에 전쟁 도발을 하겠다고 연일 떠들어 대고 있습니다."

"그거야 돈 떨어져서 생떼 부리는 것이지! 어차피 북한은 이제 곧 세계 3차대전도 일으킬 준비가 되어 있는 나라야. 그러나 자기들도 너무 피해가 크기 때문에 주변 국가 중에 가장 수월한 나라 그리고 알짜배기 먹을 것이 많은 나라 일본을 택할 것이야."

"하지만 아무런 명분이 없잖습니까?"

"명분이야 만들면 되는 것이지, 안 그래? 지금 현재 일본의 정세가 그런 상황인데 북한에다 가장 중요한 중장거리 미사일의 부품을 보낸다는 것은 옛날로 말하면 역적이야. 그 중장거리 미사일의 거리가 일본을 충분히 날아오거든. 그런데 일본에서 과연 솜방망이 처벌을 할까? 게다가 다카하시를 풀어주는 사람은 천황에게 선전포고를 하는 것과 같아. 누가 자기 목숨을 걸고 다카하시를 빼 주겠나? 안 그런가?"

"듣고 보니 그렇군요. 그럼 언제 행동을 하실 예정입니까?"

"언제는! 바로 시작해야지!"

"하지만 교주 밑에는 특수임원 다섯 명과 자살특공대가 있는데 괜찮겠습니까? 혹시라도 저희가 작업했다는 것이 탈로나면 저희도 피해가 크지 않을까요?"

"그래서 다 준비를 했지. 특수임원 다섯 명은 내가 국세청에 탈세 자료를 직접 넘겨줘서 몇 년 감옥에 보내면 될 것이고 자살특공대는 우리 별동대가 미리 손을 쓸 것이니 걱정하지 않아도 된다네. 그렇게 되면 현재 다카하시가 맡고 있는 항만업과 축산업은 자네가 관리하게."

"알겠습니다."

"내일 다카하시와 점심이나 해야겠어. 마지막 점심이 되겠군."

나는 밤새 잠이 오지를 않았다. 직접 다카하시교주의 목숨을 가져오고 싶었는데 일이 이렇게 되었기 때문이었다.

다음 날. 다카하시 교주의 집 테라스에서 도쿠가와 부교주와 셋이 점심식사를 하고 있는데 경시청 특별전담반에서 들이닥쳤다.

"다카하시 씨, 맞으시죠."

"그렇소."

"대북 무기공조 혐의로 체포합니다. 당신은 변호사를 선임할 수 있으며 불리한 진술을 강요당한다고 판단 시에는 묵비권을 행사할 수도 있습니다. 알겠습니까?"

"알았소."

점심을 먹다 말고 마른하늘에 날벼락처럼 뭔가 휭하니 왔다가 순식간에 내리치고 가버렸다. 정말 순식간이었다.

같은 시간에 도쿠가와 부교주의 별동대는 교주의 자살특공대의 숙소로 가서 소음기가 달린 총으로 그 자리에서 모두 사살했다. 그리고 부두에 준비되어 있는 드럼통에 콘크리트를 버무려 넣어서 시신을 단단하게 굳게 한 후 바다에 던져버렸다. 그렇게 깨끗하게 교주의 자살특공대는 해체되었고 그의 사무실에 국세청 직원이 들이 닥쳐 특수임원들 다섯 명과 사무실 내에 있는 모든 서류를 압수해 갔다.

모든 것이 일사천리, 엄청나게 빠른 속도로 진행되었고 특수임원들은 탈세로 징역 3년을 받았으며 교주는 사형을 언도받았다.

하지만 좀 이상했다. 15년 이상을 받을 것이라고들 했지만 사형이 내려질 것이라고는 아무도 예상하지 못했던 것이다.

교주가 윗선을 대지 않겠다는 조건으로 사형을 받는 것처럼 하고 중국 연길로 빼돌릴 계획이 세워졌다. 연길은 북한과 가깝고 혹시 안 좋은 조짐이 보이면 바로 북한으로 가기 용이한 위치다. 신도로를 타면 빠르면 한 시간이면 연길에서 무산까지 갈 수 있기 때문에 연길의 별장에서 은거할 예정이었다.

그리고 교주가 사형을 언도받은 지 3개월 만에 형이 집행되었다.

물론 다들 교주가 죽었다고 생각했지만 교주가 나에게 따로 연락해왔다. 중국에서 새롭게 시작할 것이니 도쿠가와를 제거한 후 문진리교를 말살시키고 들어오라는 내용이었다.

원수가 살아 있다는 것을 알게 된 나는 다카하시에게 가기로 마음먹고 6개월만 시간을 주면 모든 것을 완벽하게 마무리 짓고 가겠다고 했다. 그러자 만약 힘들 것 같으면 암살자를 보내주겠다는 내용의 답변이 왔다.

나는 최선을 다해서 안 되면 그때 보내달라고 회신을 보냈고 엔터테인먼트 사업에 관련해서 10대 소녀들을 정부 고위관료에게 성상납시키고 있다는 근거 자료를 모으기 시작했다. 또 항만사업 중에 불법으로 배를 개조하여 과다한 물량을 싣고 있는 것과 분기마다 있는 검열을 여자 연예인들로 구성한 접대를 통해 넘어가고 있는 실태를 낱낱이 조사했다.

하지만 이 정도로는 거액의 추징금을 내거나 영업정지를 당할 것이 불 보듯 뻔했다. 그러던 중에 도쿠가와 교주가 설교할 때마다 일본군주주의의 잘못된 점과 보위가 세습되어 내려져 오는 것은 현 시대에 맞지 않을뿐더러 일본의 발전을 가로막는 큰 문제라고 말한 것이 떠올랐다. 이것은 반정부 세력과 다름이 없는 발언이었다.

사람이 권력을 가지고 모든 것이 자기가 원하는 대로 되면 점점 더 욕심이 생기는 것이고 그로 인해 변하는 것이다. 하지만 돈과 명예 그리고 권력에 의해서 변하지 않는 사람은 없을 것이다. 다만 자제하려고 노력하는 것인데 도쿠가와 교주는 자제력을 잃어 가고 있었다.

나는 도쿠가와 교주를 반정부 세력으로 몰아 문진리교를 폐쇄해야겠다고 마음먹고 서서히 진행하기로 했다. 그리고 다카하시 교주에게 연락하여 기무라木村 현 관방장관을 소개받게 되었다. 나는 그에게 도쿠가와 교주의 설교를 동영상으로 촬영한 것을 건네주었고 바로 다음 날 일본 보안국에서 도쿠가와 교주를 연행해 갔다.

그리고 이틀 후, 관방장관의 명으로 문진리교는 반정부 세력이라고 판단, 폐쇄명령 조치가 떨어졌고 이는 총리대신의 제가를 얻은 것이어서 그 누구도 막을 수가 없었다.

뿐만 아니라 모든 간부들은 속속 소환조치되어 조사를 받기 시작했는데 나는 평신도여서 면할 수가 있었지만 유미 씨는 여성 지도 위원이라 불려가서 조사를 받게 되었다. 하지만 사전에 관방장관에게 유미 씨를 놓아주겠다는 약속을 받았기 때문에 그녀는 간단하고 형식적인 조사만 받고 두 시간 만에 풀려나 집으로 돌아왔다. 집으로 돌아온 유미 씨는 나를 보자마자 와락 껴안으며 흐느껴 울기 시작했다.

"도대체 무슨 일들이 일어나는지 알 수가 없어요."

"괜찮아요. 별일 없을 겁니다."

"이렇게 많은 일들이 벌어지는데 별일이 없다니요? 무서워요."

"다 정상대로 될 거예요."

"그럴까요?"

"그럼요."

문진리교는 폐쇄되었지만 문그룹은 여전히 번창하고 있었는데 이는 나라에서도 어떻게 할 근거가 없었기 때문이었다.

교주가 잡혀가자 새로운 세력 다툼이 생기기 시작했고 나는 대부업과 항만업에서 최고 자리까지 갔지만 문그룹을 하나씩 무너트리기 위해 축산업 쪽으로 이동했다. 먼저 엔터테인먼트의 비리와 성상납으로 검찰 조사를 받게 하게끔 대검찰청에 자료를 건네주어 문엔터테인먼트는 사실상 문을 닫게 되었다. 대부업도 돈을 받지 못하면 여성의 경우에는 술집이나 사창가로 팔아넘기고, 남자는 장기를 빼내어 불법으로 매매한다는 모든 자료를 제공하여 문파이낸스도 차례로 문을 닫았다. 그리고 항만업도 여자 연예인을 대동하여 연회를 즐기며 선박의 불법 개조와 검열을 분기마다 눈감아 주고 넘어가는 관행을 고스란히 다 제공하여 3억 엔의 추징금과 영업정지 1년을 받아서 사실상 문을 닫은 것과 마찬가지였다.

게다가 엎친 데 겹친 격이라고 문건설에서 지은 120층의 건물이 무너져 3,500명의 사상자가 발생하자 축산업을 제외하고는 문그룹은 전부 망했다고 봐도 과언이 아니었다.

유일하게 남은 축산업은 나의 전공이기 때문에 문을 닫게 하는 것은 시간 문제였다. 다만 청양 소에게 퍼트린 악성수화소액 탄저균을 어디에 있는지 찾아내야만 했는데 다카하시 교주가 직접 관리하고 연구진은 철수했던 터라 찾기가 너무 어려웠다. 그렇다고 이것을 다카하시 교주에게 직접 물어보는 것도 그렇고 여러모로 큰 난관에 부딪쳤다.

청양 소가 사라지자 고베규는 날개 돋친 듯 팔렸는데 축산업이 이대로만 간다면 문그룹을 다시 세우는 것도 그리 어려운 문제는 아니었다.

하루는 연구실에서 컴퓨터로 문서를 작성하고 있다가 우연히 말굽버섯과 한국 토종벌꿀 그리고 비선초에 관한 자료를 발견했다. 죽은 아내가 일본 측으로 보낸 자료다.

나는 다시 한 번 주먹을 불끈 쥐고 혼자 곱씹었다.

'이제 거의 다 되어간다. 축산협회를 무너트리고 다카하시 교주만 없애면 나의 복수도 끝이다.'

하지만 악성수화소액 탄저균은 보이지 않았고 시간은 계속 흘러만 가고 있었다. 그러던 중에 다카하시 교주에게서 한 통의 전화가 왔다.

—나 다카하시요.

“네, 교주님.”

—당신의 활약상을 지켜보고 있소. 대단하네요. 이제 그만하고 중국으로 들어와도 되지 않겠습니까?

“네. 하지만 축산업이 날로 발전하고 있어서 문그룹을 다시 일으키는 건 시간문제입니다.”

—아, 그거라면 간단하지. 악성수화소액 탄저균을 퍼트리고 오면 간단할 것을 뭐 그리 어렵게 생각을 하시나요!

그때 이거다 싶었고 나는 모르는 척 물어봤다.

“악성수화소액 탄저균이 뭔가요?”

—탄저균 아시죠?

“네, 알고 있습니다.”

—원래는 생화학무기로 만들어진 것인데 내가 연구진을 구성해서 새롭게 만든 바이러스입니다. 동물에게 엄청난 속도로 전이되지요. 물론 그것을 막을 백신도 아직 나오지 않은 상태라서 그거 한 방이면 고베규는 전부 씨가 말라 버리고 아마 전설 속의 옛 소로 남게 될 것입니다. 한국의 청양 소 아시지요?

“네, 압니다.”

—청양 소가 바로 내가 만든 악성수화소액 탄저균 때문에 사라진 것이오.

"아, 그렇군요. 그럼 그것을 어디에서 구하나요?"

ㅡ내 집에 가면 서재에 있는 금고에 있어요. 번호는 777입니다. 모든 것을 잘 마무리하고 마카오에서 봅시다. 임무를 완료하면 연락을 하세요. 그럼 자세한 장소를 알려 줄 테니까.

나는 바로 차를 몰고 다카하시 교주의 집으로 향했고 도착하자마자 내려서 수동으로 철문을 열었다. 예전에는 그렇게 멋있던 저택이 지금은 무슨 드라큘라 백작이 살고 있는 집처럼 으스스했고 냉한 기운까지 감돌아 기분이 아주 좋지 않았다.

안으로 들어가서 보니 집이 온통 먼지투성이에다가 거미줄까지 여기저기 쳐 있어서 빨리 나오고 싶었는데 위층 서재로 들어서자 커다란 금고가 하나 보였다. 비밀번호를 누르고 열어 안을 들여다보니 주사약과 장부가 몇 권 들어 있었다.

주사약을 챙기고 문을 닫고 가려고 하다 장부에 무슨 내용이 있는지 궁금해서 펼쳐보았는데 혼자만 알 수 있게끔 부호와 암호로 뭔가를 표시해 놓은 듯했다.

장부를 다시 제자리에 놓으려고 하는 순간 장부 사이에서 뭔가 바닥으로 떨어져서 주워서 보니 다카하시 교주와 아내인 유미 씨가 나체로 같이 찍은 사진이었다. 다른 장부도 다 펼쳐 보니 여자와 나체로 직은 사진이 여러 장 있었고 그중에는 죽은 아내인 다카하시 유미, 즉 태산이 엄마의 사진도 있었는데 이상한 점은 여자들의 눈에는 다 동공이 열려있고 초점이 없는 것이었다.

그렇다. 다카하시 교주는 특별한 날에는 기념으로 여자와 관계를 하는데 우선 최면을 걸어 놓고 마약과 최음제를 먹여서 광란의 밤을 보내고 사진을 찍어 장부에 모든 것을 기록을 하는 변태성욕자였던 것이다. 그런 사진을 보자 분노가 더 끓어 올랐고 반드시 고통스럽게 천천히 죽어버리겠다고 다짐했다.

그렇게 기분 나쁜 집에서 서둘러 나와서 차에 시동을 걸고 사무실로 이동하며 다카하시 교주에게 어떻게 복수를 할 것인가 생각했는데 그 사이에 사무실에 도착했다.

'앞으로 일주일이면 모든 것이 정리된다. 유미 씨에게는 어떻게 말을 해야 할까!'

우선 소가 있는 농장으로 다시 나가서 소들을 보고 우사牛舍를 한번 돌아보았고 부하 직원에게 CCTV가 오래되서 화질이 좋지 않으니 전부 교체하라고 명령한 후 집으로 돌아왔다.

다음 날 오전에 바로 목장으로 출근해서 CCTV 교체 작업을 하고 있는지 확인하러 나갔더니 분주하게 교체하고 있었다. 나는 CCTV가 일제히 전원이 내려가 있는 것을 확인한 후 우사 안을 순찰하러 간다고 했고 직원이 안내한다고 앞장섰다.

"대표님, 제가 안내하겠습니다."

"아니야. 괜찮으니 일 보게."

"괜찮으시겠습니까?"

"응, 괜찮아. 한 바퀴 도는 데 뭐 둘씩 가나. 혼자 가겠네."

"네, 알겠습니다."

"한 바퀴 돌고 사무실로 들어갈 테니 사무실에서 보세."

"네, 대표님."

직원을 보내고 우사 안으로 들어가서 가장 가운데 있는 소에게 악성수화소액 탄저균을 주사하고 맨 마지막 소에게도 주사했다. 그리고 바로 우사를 나왔다.

나는 CCTV 교체 후에 철저히 확인하라고 지시하고 집으로 돌아가서 유미 씨에게 전화하고 그녀의 변호사 사무실로 차를 몰았다.

—여보세요.

"여보, 나야."

—네, 어쩐 일로 아침부터 전화를 다 하세요?

"지금 당신 사무실로 가고 있는데 시간 있지?"

—그래요? 시간이 없어도 내야죠. 당신이 오신다는데

"그래, 그럼 20분쯤이면 도착할 거야. 사무실로 올라갈게."

—그래요. 조심히 오세요.

나는 운전하고 가면서도 유미 씨에게 어떻게 설명해야 할지, 또 문진리교는 없어졌지만 유미 씨가 중심인물로서 아직도 그 때를 벗지 못하고 있는데 어떻게 받아들일지도 궁금했다. 사랑해서 결혼한 것은 아니지만 그래도 결혼한 사이고 어느새 정도 들어서 다카하시 교주를 제거하고 같이 한국으로 가 아이와 같이 행복하게 살고 싶은데 그렇게 살 수 있을지 그녀에게 묻고 싶었으며 확인하고 싶었다.

이윽고 도착해서 사무실로 올라가니 유미 씨가 전화를 받고 있어서 기다리며 이런저런 잡지와 신문을 보고 있었는데 한국 신문이 눈에 들어왔다. 유미 씨는 한국어를 전공한 사람이라 그런지 한국 일간지를 구독하고 있었는데 그 일간지를 보다가 눈이 휘둥그레질 만한 기사를 보게 되었다.

"청양시립고아원 대형화재로 보육사 5명, 신생아 12명, 어린이 21명, 전원 사망."

청전벽력 같은 내용이었다.

아들을 거기다 맡기고 복수하러 일본에 왔다.

정신이 하나도 없었고 앞이 하얗게 아무것도 눈에 들어오지 않았다.

그 길로 한국행 비행기에 몸을 싣고 한국에 가서 시 담당자를 만나 사고의 경위를 듣게 되었는데 신생아 방은 다른 방에 비해 공기청정기를 많이 설치해 두기 때문에 거기서 누전이 되어 화재가 일어난 것으로 보고 있었고 비상구와 문이 화압(火押)으로 인해 열리지 않아서 모두 연기에 의해 질식사했고 나중에 불에 타서 뼈만 회수할 수 있었다고 했다.

나는 그 안에 우리 아이가 있었다며 오열했지만 담당자는 다 사망했다고 위로의 말밖에 전할 말이 없다고 하며 안타까워했다.

그러다가 우연히 화재 3일 전에 전근한 직원이 있었다는 사실을 알게 되었고 그 직원에게 찾아가 사정 이야기를 하고 아이에 대해서 조금이나마 이야기를 들어볼 수 있었다.

"아이가 남자아이였나요?"

"네, 사내아이입니다. 저와 마찬가지로 왼쪽 귀 밑에 새끼손톱만

한 점이 있습니다.

"아, 기억이 나요!"

"그러세요!"

"그 아이는 다행히 일주일 전에 미국에 입양됐어요. 제가 알기로는 그 아이 아버지가 한 달만 맡기고 찾으러 온다고 했는데 찾으러 오지도 않고 소식도 없고 연락도 없었던 것으로 기억돼요.

그러던 차에 미국에서 입양을 원하는 부부가 찾아 왔는데 그 아이를 지목해서 바로 입양소속을 밟고 데리고 갔습니다."

"확실한가요?"

"확실히 기억해요. 제가 얼마 전까지 거기서 근무했고 그 아이는 귀 밑에 점이 있어서 잊을 수가 없죠."

그렇다. 태산이는 청양고아원에서 미국으로 입양되어 살아 있던 것이고 태산이의 대운이 해亥운이자 역마驛馬였다. 해는 물을 뜻하고 역마는 돌아다니는, 즉 이동을 뜻한다. 그래서 바다 건너 미국으로 간 것이고 죽음을 면할 수 있었던 것이었다.

그래서 미국의 어디로 입양됐는지 시에 알아보려 했지만 고아원이 시에서 운영하는 것은 맞지만 입양은 고아원에 자체 위임을 하고 지원만 하기 때문에 행정적인 서류는 없다고 했고 고아원이 불타서 재만 남았기 때문에 어디로 갔는지 알 수 있는 길이 없었다.

그렇게 아이를 잃어버렸다.

복수도 좋지만 가끔 전화라도 한 통 해서 아이의 신변에 대해서 물어봤어야 하는데 나는 너무나도 무관심하고 무정한 아버지였고 그 책임감과 죄책감에 가슴이 찢어지듯 아팠다.

한국에서 몇 날 며칠 술만 먹고 있었는데 하루는 꿈에 죽은 아내가 나타났다.

“여보, 걱정하지 마세요. 태산이는 잘 있어요. 그만 일어나세요.”

유미는 그러면서 어디론가 사라졌다.

나는 “여보! 여보!”를 반복하다 꿈에서 깨어났고 주전자에 있는 물을 벌컥벌컥 들이마셨다.

‘태산아 미안하다. 하지만 반드시 널 찾으마. 조금만 기다려다오.’

나는 수염을 깎고 머리를 다듬고 다시 일본으로 돌아갔다.

그새 고베축산협회는 악성수화소액 탄저균 때문에 전국 농가에 비상령이 내려졌고 일본 고베규는 이미 전멸되어 남은 소도 다 생매장한 상태여서 찾아볼 수 없었다.

회사에 가보니 자물쇠로 굳게 닫혀 있었다. 그 길로 집으로 가서 유미 씨에게 모든 것을 이야기했다.

그녀는 울기 시작하며 앞으로 어떻게 할 것인지 나에게 물었다. 나는 복수하고 나서 한국에 가서 살고 싶다고 말했고 유미 씨는 그냥 복수의 미련을 버리고 한국에 가서 살면 안 되겠냐고 물었다. 그녀는 목숨이 위험할 수도 있는데 그러면 우리의 미래는 없는 것이라며 그냥 단념할 수 없겠냐고 나를 재차 설득했다.

하지만 나는 꼭 살아서 돌아올 테니 믿고 기다려 달라고 당부했고 다카하시 교주에게 전화했다.

—여보세요.

"교주님, 접니다."

—그래요. 뉴스를 통해서 잘 보고 있어요. 이제 문 그룹도 무너졌으니 나와 또 다른 제국을 건설해야 하지 않겠소?

"네, 교주님. 언제든지 말씀만 하십시오."

—그래요, 아주 좋아. 다음 주에 마카오로 건너오세요. 홍콩공항으로 나와 왼쪽 귀퉁이로 곧장 오다 보면 어떤 남자가 담뱃불을 빌릴 것이오. 그럼 담뱃불을 빌려주고 차키를 받아서 마카오 세나데 광장으로 오세요.

광장 뒤편 아무 데나 차를 버리고 광장에서 기다리고 있으면 어떤 꼬마가 초콜릿 하나를 사라고 할 것이요. 그럼 그 초콜릿을 사세요. 거기에 주소가 있어요 그 주소대로 찾아오시면 됩니다. 광장에서 5분 거리에 있으니 그리 멀지는 않아요. 외국인이 많은 곳이긴 하지만 조심해야 하기에 그런 것이니 이해하세요.

"네, 교주님."

—아, 그리고 이제부터는 교주가 아니고 교수라고 하세요.

"교수요?"

—네. 중국 심양대학 일본어학과 교수 신분으로 움직이고 있으니까 교수라고 부르면 됩니다.

"네. 그렇게 하겠습니다, 교수님."

3일 후 나는 홍콩에 도착했고 도착하자마자 곧장 밖으로 나가 귀퉁이를 돌아가니 40대 남자가 다가왔다.

"담뱃불 좀 빌릴 수 있을까요?"

"그러죠. 여기."

"감사합니다."

남자는 라이터를 건네주면서 차키도 같이 주고 유유히 사라졌다.

50미터 정도 가자 빨간색 벤츠 스포츠카가 한 대 서 있었다. 시동을 거니까 재규어가 울부짖는 듯 소리를 내기 시작했고 100미터를 3.6초 만에 돌파하고 바닥에 딱 붙어서 달리기 시작했다.

그렇게 35분 만에 마카오에 도착해서 광장 주변에 차를 버린 후 광장에 서서 꼬마를 기다리고 있는데 웬 남자 둘이서 다가와서는 말을 걸었다.

"정태수 씨 맞죠?"

"누 구시죠?"

"국정원 직원입니다. 당신을 조총련과 공모하며 대북무기 지원을 한 혐의로 체포합니다."

"무슨 소립니까? 이거 놓으세요!"

"같이 가시면 압니다."

낯선 남자들이 나를 붙잡고 가려고 하자 나는 손을 치고 빠져 나왔고 도망가려고 하자 권총을 들이밀었다

그 순간 왼쪽으로 회전하여 남자의 총을 겨눈 손을 잡아 오른쪽으로 다시 회전했다. 그 순간 상대가 방아쇠를 당겼는데 내가 상대의 팔을 꺾어서 회전하는 바람에 자기가 쏜 총에 자기가 맞아 버렸다.

또 한 명이 총을 꺼내려고 했고 그 꺼내려는 손을 잡고 눌렀더니 격발이 되어 '빵' 하는 소리와 함께 총알이 상대의 대퇴부를 관통하여 '윽' 하고 바닥에 쓰려졌다.

주위는 아비규환이 되었고 그때 주위를 둘러보자 몇 미터 앞에 어린아이가 초콜릿을 들고 있었다. 달려가 그 초콜릿을 빼앗았고 급하게 우회해서 광장을 빠져나와 무작정 달렸다. 그리고 어떤 건물에 들어가 초콜릿 종이에 적혀 있는 주소를 보며 지금 건물의 주소를 확인했다.

'한 블록 정도만 더 가면 되는구나!'

조심스럽게 주위를 살피고 태연하게 걸어가는데 경찰차 두 대가 경광등을 돌리며 요란하게 아까 그 장소로 향해 달려가고 있었다.

주소에 적힌 건물을 찾아 올라갔더니 상당히 세련된 고급 양식의 7층 건물이었다. 종이에 적힌 703호에 노크했다.

아무 소리가 없어서 나는 문을 열고 들어갔다. 안에서 쿠바산 시가의 향이 진하게 밀려왔다.

"왔습니까?"

"네."

가운 하나 걸치고 앉아서 시가를 피우던 다카하시 교주는 일어나더니 악수를 청했다.

"오시느라 고생했어요. 오랜만에 그것도 마카오에서 만나니 감회가 새롭습니다. 오시는 데 별일은 없었습니까?"

"어떻게 알았는지 한국의 국정원 직원이 나타나 같이 가자고 해서 총격전이 벌어졌습니다."

"아! 그래서 경찰차 소리가 그렇게 요란했구나! 다친 곳은 없습니까?"

"네, 괜찮습니다."

"뭐 무술의 고수라서 걱정은 없습니다만, 상대가 총을 가지고 있으면 아무리 무술의 고수라도 위험해서요."

"걱정해 주셔서 감사합니다."

"일단 앉으세요. 시원한 칵테일 한잔 하시겠어요?

"네, 감사합니다."

"그럼 잠시만 기다리세요."

집안에 바가 있는지 교주는 옆쪽으로 돌아가서 칵테일을 가져오겠다고 갔다.

그리고는 교주가 아닌 검정 양복을 입은 남자 세 명이 바 쪽에서 권총을 겨누며 나왔고 그 후에 교주가 징그러운 미소를 띠며 세 명의 남자 뒤에서 나왔다.

"아까 그냥 국정원 직원을 따라 갔어야 하는데 왜 여기까지 와서 나의 마음을 아프게 하나! 국정원 직원이 아니라 내 부하이긴 하지만, 그래도 국정원 직원에게 당한 것이 보기에도 좋았을 것을….

내 우연찮게 당신 부인 유미에게 전화를 했지. 내가 사형집행을 받고 죽은 사람인데도 별로 놀라지 않는 것이 이상해서 최면을 걸어봤더니 굉장히 놀라운 이야기들이 쏟아져 나오더군. 소설 속에서나 나올 법한 이야기….

아무튼 청양 소 사장! 이젠 다 끝났으니 편히 가시오."

그 말이 끝나자 양복 입은 남자들이 나를 데리고 나갔으며 그중 한 명이 교주에게 "어떻게 할까요?" 하고 물었다.

"토막 내서 바다에 던져. 고기들이 주워 먹게."

"네, 알겠습니다."

나는 양복 입은 남자들 사이에 잡혀서 그대로 승용차에 태워져 항구 쪽으로 갔다. 그들은 큰 생선창고 비슷한 곳으로 데려 가더니 한 명은 밖에서 기다리고 두 명이 나를 끌고 안으로 들어갔다. 안에는 생선을 거는 쇠사슬과 날카로운 갈고리가 보였고 그 기운이 아주 섬뜩했다.

이대로 있다가는 정말 고기밥이 될 것 같았는데 총을 겨누고 있어 쉽게 움직일 수도 없어 난감했다. 그러던 차에 휴대전화가 울려 한 남자가 휴대전화를 꺼내려고 겨누던 총을 잠시 치웠다.

그 순간 나는 옆으로 돌면서 잡혀 있는 팔을 빼고 동시에 왼쪽에 있는 남자의 얼굴의 코 부분을 팔꿈치로 가격한 후 다시 재빠르게 손등으로 또 다른 남자의 코를 가격했다. 둘 다 총을 떨어뜨리는 동시에 아픔의 비명을 지르기 시작했고 그 사이 총 하나는 집어 들고 하나는 발로 멀리 차버렸다.

나는 남자들이 코를 잡고 일어나려고 할 때 총을 겨누어 쇠사슬이 있는 방향으로 가라고 지시했고 쇠사슬을 내려 상대 동료를 묶으라고 시켰다. 이때 한 명이 묶는 척하다가 쇠사슬로 공격을 하려 했고 또 한 남자는 순간 갈고리 집어 들고 덤비려 해서 허벅지에 한 방씩 총 네 방을 쐈다.

다행히 소음기가 달린 총이라서 밖으로 소리가 나가지 않았으나 전화가 와서 남자에게 받게 했다. 창고 안이라서 전화한 상대방의 목소리가 생생하게 들렸다.

—여보세요. 왜 이렇게 오래 걸려?

나는 총을 겨누고 있었고 전화를 받은 남자는 눈치를 보고 있다가 내가 방아쇠를 당기는 행동을 취하자 얼른 말했다.

"네, 다 끝났습니다. 지금 나갑니다."

—알겠어. 빨리 나와.

휴대전화를 빼앗아 들고 밖으로 나가니 밖에 있던 남자는 차 안에서 눈을 감고 뭔가를 생각하고 있었다. 나는 차 문을 열었다. 그때까지도 눈을 감고 있던 남자는 눈을 뜨고도 무슨 상황인지 어리둥절 하는 것 같았다. 나는 남자를 부두 끝으로 데리고 가서 뛰어내리라고 하고 차를 몰고 아까 다카하시 교주가 있는 빌딩 703호로 갔지만 아무도 없었다.

세 남자를 다 죽였어야 하는데 그러지 않았기 때문에 교주에게 연락이 갔을 것이고 교주는 잠적한 것이다.

또 다시 막막했다. 어디서 어떻게 다카하시 교주를 찾는단 말인가!

하지만 희망은 있었다. 다카하시 교주가 일반인이라면 사막에서 바늘 찾는 것과 같지만 그 사람은 어디에서든 또 다시 문그룹과 같은 제국을 건설하려 할 것이고 반드시 수면 위로 나타나게 되어있기 때문에 언제든 찾을 수 있는 것은 확실했다.

다만 그것이 언제쯤인가, 그것이 문제였다.

나는 김 과장에게 연락했다.

"여보세요. 김 과장, 날세."

―사장님, 어디십니까?

"여기 마카오라네."

―중국에서 뭐하고 계신 겁니까? 일본으로 가신다고 하시지 않으셨어요? 일본에서 하실 일이 있다고 하셔서 일본에 계신 줄 알았습니다.

"그래, 한동안 일본에 있었는데 급하게 이쪽으로 오게 됐다네. 잘 지내고 있나?"

―네. 전 잘 지내고 있습니다. 그나저나 그럼 태산이는 어떻게 되었습니까?

"태산이는 미국에 있다네. 설명하자면 길어. 자세한 것은 나중에 설명하고 자네 친척 중에 누가 중국에 있다고 하지 않았나?"

―네. 친척이 아니고 제 친형님이 거기서 부동산 관련 일을 하고 계세요. 중국에 가신 지 벌써 17년이 넘었습니다.

"그래? 잘 됐네. 중국 어디에 계시나?"

―대련大連에 계세요.

"그럼 대련에 내가 조그만 식당이라도 하나 할 수 있게 자리 좀 알아봐 주게."

―갑자기 중국에서 식당을 하시려고요?

"아니, 오래 할 생각은 없네. 잠시 할 것이니 규모가 그렇게 크지 않아도 돼."

"네, 알겠습니다."

나는 대련에 조그만 한정식집을 하며 때를 기다리고 있었다.

다카하시 교주는 중국 10대 그룹의 총수인 천상天上그룹의 총재 천릉과 함께 흑룡강성黑龍江省과 러시아의 접경 지역에 신도시를 건설하며 새롭게 부각되고 있었고 러시아 정부와 손잡고 러시아 쪽에 천연가스와 천연우라늄도 개발하고 있었다. 이 우라늄은 북한 핵무기 개발의 자원으로 계속 조달되고 있었으며 교주는 북한에 끊임없이 원조를 아끼지 않고 있었다.

2달 후. 뉴스에 천상그룹이 건설한 신도시에 대해 나왔다. 나는 천릉 총재 옆에 동행하고 있는 다카하시 교주를 발견했고 식당에서 손님에게 서빙하다 순간 낳이 놀라서 멈칫했다. 흑룡강성에 있는 천상그룹에 대해 알아보기 위해 김 과장의 형님에게 전화했다.

"접니다."

—네, 사장님.

"흑룡강성에 있는 천상그룹에 대해서 좀 알아봐주세요. 그리고 총, 소음기가 달린 것으로 한 자루와 쌍안경 좀 구해 주시고요. 아, 그리고 무전기도 두 대 준비해 주세요."

—네, 알겠습니다. 잘 아는 흑사회 친구에게 부탁해서 구해서 갖다 드리겠습니다.

"그리고 조선족 동포로 쓸 만한 친구 하나만 같이 부탁드릴게요. 보수는 걱정하지 않으셔도 됩니다. 준비되는 대로 연락주십시오. 감사합니다."

—네, 사장님. 알겠습니다.

그렇게 나는 다카하시 교주를 제거하러 흑룡강성으로 가기 위해 만반의 준비를 하고 기다리고 있었다.

이틀 후, 김 과장의 형이 젊고 날쌔게 생긴 청년 한 명을 데리고 가게로 찾아왔다.

"부탁하신 친구입니다. 인사드려."

"안녕하십니까, 곽현빈입니다."

"그래, 반갑다."

"이 친구는 올해 스물 셋인데 청부살인만 5년째입니다. 이 친구 손에 하늘 간 사람만 해도 40명은 족히 넘고요. 기술도 프로급입니다. 고아인데 네 살 때부터 소림사少林寺에서 12년간 생활해서 무술에도 아주 능합니다."

"아, 네. 그래 보입니다. 잘 부탁하네."

"네, 최선을 다하겠습니다."

"이건 말씀하신 물건인데 특별히 영국제 신형으로 구했습니다. 아주 성능이 좋습니다."

"감사합니다. 그럼 내일 출발할 예정이니 식당 좀 부탁드릴게요. 자네는 내일 식당으로 아침 여덟 시까지 오게."

"네, 알겠습니다."

"사장님, 그럼 가보겠습니다."

"네, 감사합니다."

그날 밤 나는 잠까지 설치며 복수의 그 순간을 위해 생각하고 또 생각했다.

'천천히 죽여주마!'

다음 날 아침에 식당 앞에서 청부살인하는 친구와 만나 같이 택시를 타고 대련역으로 향했다. 우리는 대련역에서 초고속 열차 티켓을 두 장 끊고 열차에 올라탔다. 중국에서 처음 타보는 초고속 열차는 최고속도 413킬로미터로 달리는데 귓속이 멍할 정도로 상당히 빠르고 열차 안이 비행기 비즈니스석을 그대로 옮겨 놓은 듯한 인상을 주었다.

그렇게 힘차게 달리는 초고속 열차는 두 시간 만에 흑룡강성 하얼빈역에 도착했고 내리자마자 안중근 의사 기념관이 있었다. 기념관 앞에 잠깐 서 있었는데 뭔가 느낌이 안 좋았다.

바로 택시를 타고 천상그룹 하얼빈 지점으로 향했고 다 왔다는 택시기사의 말에 빌딩 바로 앞에서 내렸는데 아주 높은 135층 건물이 우리 앞에 웅장하게 서 있었다.

우리는 우선 근처에 숙소를 하나 정하고 점심으로 숙소 안에서 간단한 도시락을 먹으며 이야기를 나눴다.

"어쩌다 이 길로 왔지?"

"어제 다 들으셨겠지만 저는 고아입니다. 부모님에 대한 기억은 전혀 없고요. 세 살 때부터 숭산의 소림사에서 자라 열다섯 살 되는 해에 절이 싫어 무작정 나왔는데 배가 고파 사람들의 지갑을 훔치기 시작했습니다.

그렇게 어떤 남자의 지갑을 훔치다 들켜서 도망을 갔는데 가다 보니 막다른 골목이었습니다. 그 남자와 격투가 벌어졌는데 상대방은 소림사의 권법이 도저히 먹히지 않는 엄청난 실력의 소유자였습니다.

결국 제가 져서 '이제 감옥에 가겠구나' 생각했는데 그 남자가 자기랑 일하면 감옥에 보내지는 않겠다고 해서 시작한 것이 청부살인입니다. 그 사람은 상해上海에서 유명한 살인 청부업자였습니다."

"너도 기구한 운명이구나!"

"그런데 사장님은 무슨 일로 사람을 죽이려고 하십니까?"

"나의 아내와 내가 일으켜 놓은 모든 것을 빼서 간 놈이지. 그래서 반드시 내 손으로 없애 버릴 거야, 반드시! 너는 두렵지 않니?"

"사람을 죽이고 처음엔 일주일간 잠도 못 자고 밥도 못 먹고 그랬는데 이제는 개미 한 마리 죽이는 것보다 쉽고 아무 생각도 들지 않습니다."

"대가는 얼마나 받나?"

"모르십니까? 사장님이 돈을 지불하고서 모르신단 말입니까?"

나는 빙그레 웃었다.

"4만 5천 위안 받습니다."

"4만 5천 위안이면 750만 원쯤 되는군?"

"한국 돈으론 잘 모릅니다."

"우리 식당 주방장이 한 달에 4천 위안을 받으니까 작은 돈은 아니다만, 그래도 사람 목숨이 겨우 750이라…. 5년간 이 일을 했으면 돈도 제법 모았겠구나."

"네. 실은 이번이 마지막입니다 지금 현재 북경에 무술도장을 오픈하려고 공사를 시작했습니다. 이 일이 끝나면 두 번 다시는 하지 않을 겁니다."

"그렇구나. 잘 생각했다. 나도 이번 일이 끝나면 시골로 내려가 어려운 사람들을 도우며 소박하게 살 예정이다."

"시골에서 무슨 일을 하시려고요?"

"조그만 목장을 하면서 소나 키우고 살려고."

"아, 그러시구나."

그렇게 대화를 나누며 도시락을 먹은 후 지형을 살피기 위해 나와 청년은 천상그룹 하얼빈 지점의 일대를 탐색했다.

"이 지역은 거리가 바둑판 모양으로 되어 있어 도주가 용이하겠구나."

"네, 그렇습니다. 또한 재작년부터 도시정비가 시작되어 많이 깨끗하고 복잡한 것도 없어졌습니다."

나는 미리 청년과 당일 벌어질 일에 대해 두 가지로 가정했고 도주로도 두 군데로 하여 그 날의 상황에 맞춰 진행하기로 하고 작전 A와 작전 B로 모의연습을 했다.

어느 정도 호흡을 맞추고 모의 연습이 끝나자 벌써 저녁시간이 되어 하얼빈에서 맛있는 양고기집이 있다고 해서 청년과 양고기집으로 향했다. 도착해서 들어가려는 순간 어딘가 낯이 익은 사람이 양고기집에서 나오는 것이었다.

나는 순간 몸을 돌렸고 청년도 뭔가 이상한 것을 느꼈는지 몸을 살짝 틀어서 물었다.

"사장님, 혹시?"

"맞아. 저기 회색 정장에 검은 안경을 낀 사람이야."

"사장님, 그럼 지금 제거할까요?"

"아니야. 지금은 아니야."

우리는 그렇게 몸을 피했고 다카하시 교주가 고기집 입구로 나가자 검정색 세단이 와서 그를 태우고 어디론가 가버렸다.

나는 저녁을 먹는 내내 뭔가를 골똘히 생각했고 밥도 먹는 둥 마는 둥 하다가 숙소로 돌아왔다.

"일찍 자고 내일부터 교대로 아침부터 타켓이 오는 것을 지켜보자."

"네, 사장님."

나는 머릿속에 상황을 몇 번이고 그리다가 잠이 들었다.

다음 날 아침, 숙소에서 간단하게 빵과 음료수를 먹고 나는 청년에게 말했다.

"현빈이라고 했지?"

"네, 맞습니다."

"너는 조금 더 자. 두 시간씩 교대로 지켜보자. 쌍안경으로 보면 훤히 다 보이니 타켓이 나타나면 금방 알 수 있을 거야."

"네, 알겠습니다. 그럼 좀 더 자겠습니다."

"그래, 푹 자라."

그렇게 교대로 교주가 오는 것을 지켜보았는데 교주는 좀처럼 나타나지 않았다. 사흘이 지난 아침에 갑자기 현빈이 말했다.

"사장님, 나타난 것 같습니다."

나는 자다가 벌떡 일어나 현빈이 건네준 쌍안경을 받아 들여다보았다. 정말 교주가 검정색 세단에서 내리면서 건물 입구로 들어가고 있었다.

"준비해. 가자."

나와 현빈은 에어컨 설치기사 복장으로 갈아입고 공구통에 칼과 소음기가 달린 총을 넣어 밖으로 나가 건물로 향했다.

입구에서 경비원이 막는 것을 현빈이 에어컨에서 심한 소리가 난다는 연락을 받고 수리하러 왔다고 하자 그냥 통과를 시켜주었다. 비상계단을 숙지한 후 데스크에 가서 기획총괄본부장실이 어디 있느냐고 물었더니 데스크 여직원이 70층에 있다고 아무 의심 없이 알려주었다.

나와 현빈은 일반 엘리베이터가 아닌 화물용 엘리베이터를 타고 70층에 있는 기획총괄본부장실로 갔다. 기획총괄본부장은 교주의 직함이었고 교주가 기획총괄본부장이라는 것은 김 과장의 형님을 통해 알 수 있었다.

그렇게 두 사람은 70층에 있는 기획총괄본부장실에 들어갔다. 교주는 없었는데 잠시 후 문이 열리며 교주가 들어왔다.

"여기서 뭐하는 겁니까?"

모자를 푹 눌러 쓴 나와 현빈은 에어컨을 점검하고 있다고 말했고 미니 사다리를 펴면서 천정에 있는 에어컨을 만지기 시작했는데 교주는 빨리 하고 나가라며 핀잔을 주었다.

그때 잠시 스치며 아버지의 얼굴을 본 교주가 책상 밑에 버튼을 누르고 아무렇지 않은 듯 비서를 불렀고 커피 한잔을 시켰다. 비서가 커피를 가지고 들어 왔는데 교주는 커피에 설탕이 부족하다고 말했다. 비서는 설탕을 더 가지고 오겠다고 하자 교주가 아니라며 직접 가지러 가겠다고 하며 방을 나가는 것이다.

느낌이 이상해서 바로 따라 나가봤더니 교주가 엘리베이터 쪽으로 서둘러 뛰어가고 있었고 품안에서 소음 총을 꺼내서 두 발을 쐈는데 빗나갔다.

반대쪽 통로에서는 경호원 세 명이 총을 들고 뛰어 오고 있어서 현빈이 경호원과 총격전을 벌였고 나는 교주가 건물 옥상으로 가자 또 다른 엘리베이터로 따라 올라갔다. 옥상에 올라가자 교주는 민간용 헬기를 이륙시켜 동남쪽으로 이동하고 있었다.

정말 어이없이 놓쳤다. 너무나 억울했다.

그리고 조금 있자 무전기로 현빈에게 연락이 왔다.

어디에 있냐고 해서 지하 3층 주차장에서 보자고 하고 다시 엘리베이터를 타고 지하로 내려가 거기서 현빈을 만났다. 그런데 현빈의 옆구리 쪽에서 피가 계속 흘러나오고 있었다.

총을 쏴서 주차장에 있는 차 문을 열어 선을 접촉시켜 시동을 걸고 지하 주차장을 빠져나와 1층으로 나오자 경호원과 경비원이 진을 치고 가로막고 있었다. 나는 그대로 승용차 두 대를 들이박았고 순간 에어백이 여섯 군데에서 터져 펼쳐졌으며 운전석에 있는 에어백을 치우고 계속 앞으로 달려 건물 밖으로 빠져나갔다.

차가 건물 주변을 빠져나오자 그제야 경찰차가 요란스럽게 경광등을 울리며 천상그룹 건물 쪽으로 향하며 지나갔다. 나는 한 바퀴를 돌아 숙소 근처에 차를 버리고 숙소로 들어갔다.

현빈이가 출혈이 많아 정신이 가물거리는 것을 보고 계속해서 말을 시켜보았지만 자꾸 눈을 감으려고 해서 따귀를 계속 때렸다.

그러나 아무 말도 없이 눈을 감으며 순간 온몸에 힘이 빠지는 것을 느꼈는데 현빈이는 그렇게 조용히 세상에서 제일 편안한 모습으로 눈을 감았다.

나는 현빈이의 장례를 치르고 잠시 식당 문을 닫았고 천상그룹 하얼빈 지점 부근에서 한 달간 잠복하며 교주를 기다렸지만 끝내 교주는 나타나지 않았다.

그래서 할 수 없이 천상그룹 천룡 총재를 만나는 수밖에 별다른 방법이 없다고 판단하고 상해에 있는 천상그룹 총재 집을 찾아 나섰다.

자정이 넘을 무렵 몰래 안으로 들어갔다. 총재 집 치고는 경비가 많이 허술해서 안으로 들어가는데 그리 어렵지 않았지만 집이 상당히 넓어서 총재가 있는 방을 찾는 데 많이 애를 먹었다. 그나마 서재에 불이 켜 있어 그 곳을 제일 먼저 열고 안으로 들어갔는데 총재는 책을 보다가 그 자리에서 잠이 들어 있었다.

자는 총재를 깨우고 총을 들이대니 무척 놀란 표정이었지만 조용히 하라고 검지를 입에 갖다 대자 말을 알아듣고 눈만 동그랗게 뜨고 있었다. 나는 교주 사진을 꺼내 어디 있냐고 물었다.

천륭 총재는 뭐라고 연신 떠들었지만 무슨 말인지 알아들을 수 없어서 종이와 펜을 가져다 쓰라고 하자 한문으로 '북한北韓' 두 글자를 쓰고 조용히 바라보고 있었다. 언제 오냐고 물었는데 본인이 답답했는지 책상에 뭔가를 꺼내도 되냐는 눈치길래 허락하자 전자수첩을 꺼내서 급히 글을 적었다.

'그 사람은 북한으로 갔다. 이제 중국에 오지 않는다.

전자수첩에는 한글로 번역된 글이 적혀 있었다.

'만약 거짓일 경우 내가 당신 목을 가지러 다시 오겠다.'이렇게 천륭 총재에게 적어 보이자 그는 '거짓이 아니다.'라고 적었다.

다카하시 교주는 내가 어떻게 해서든 본인을 죽이러 올 것이라는 것을 알고 북한으로 간 것이다. 교주는 김정은 국방위원장의 총애를 깊이 받는 사람 중 한 사람이었고 김 위원장이 형님이라고 부를 정도였으니 북한으로 가는 것도 결코 나쁘지 않았을 것이다. 또 북한은 외부에서 쉽게 들어올 수 없는 나라이기 때문에 더욱 북한을 택했는지도 모른다.

나는 권총 손잡이로 천륭 총재의 목덜미를 내려쳐서 기절시키고 유유히 집을 빠져 나왔다.

교주는 북한으로 갔는데 앞으로 어떻게 해야 할까. 여기서 포기해야 하는 것인지 아니면 북한이라도 넘어가야 하는 것인지 너무나 힘들었다.

나는 김 과장의 형님에게 전화하여 집으로 오라고 해서 진지하게 이야기를 나누며 앞으로 어떻게 할 것인가를 의논하고 있었다.

"교주가 북한으로 넘어갔습니다."

"북한으로요?"

"네. 교주의 아버지는 북한 태생이고 교주는 조총련에다 일본에 있을 때부터 북한에 돈과 식량, 심지어는 핵무기의 부품까지 지원했던 핏속까지 북한을 사랑하는 사람이었어요. 아마 북한에서도 한자리 하면서 호의호식하고 있을 겁니다."

"그럼 사장님, 앞으로 어떻게 하실 예정입니까?"

"그래서 형님을 오라고 한 겁니다 북한으로 넘어가야겠어요."

"북한으로요? 그건 쉽지가 않습니다. 단순하게 물건을 전해 주고 오는 것 같으면 얼마든지 가능합니다만, 이건 그것과는 차원이 다른 겁니다."

"물건을 전해 주는 일이오?"

"네. 북한에서 탈북한 사람들 중에 몇 명이 북한의 지리도 밝고 북한에 있을 때 특수공작원으로 있었던 터라 워낙 강한 사람들이라서 돈을 받고 넘어다니곤 합니다. 일명 풍산개라고 하죠."

"그런 사람이 몇 명이나 되나요?"

"많지는 않아요. 전에는 열 명 정도 되는 걸로 알고 있는데 요즘은 넘나들다 죽은 사람이 꽤 있는 것 같더라고요. 지금은 많지 않아 그 수가 절반 정도일 겁니다. 게다가 비용도 예전에 비해 두

배 이상 올라서 아주 중요한 일이 아니면 풍산개를 이용하지 않습니다.

사장님, 북한에 가셔도 쉽게 교주라는 사람을 만나실 수 없을 겁니다. 중국하고는 또 다릅니다. 북한은 바로 옆 동네에 간다 해도 행정구역상 다르면 출입증이 필요하고 출입증이 없이 다니다 적발되면 바로 잡혀 갑니다. 3회 이상 반복이 되면 법을 따르지 않는 반동분자로 여기고 공개심판도 받아야 하고요. 심하면 아오지 탄광에 6개월간 있다가 와야 하는데 탄광에 가면 대부분 몸이 성해서 나오는 사람이 거의 없고 반병신이 되거나 안에서 자살하는 사람도 엄청 많습니다."

"그래요? 새터민 말로는 북한도 예전과 달라서 많이 좋아졌다고 하던데."

"말뿐입니다. 좋아졌는데 그럼 뭐하러 탈북하겠습니까?

예전보다 오히려 더 안 좋아졌어요. 중국이나 혹은 탈북자들을 통해서 한국의 소식을 간접적으로 전해 듣게 된 북한 주민들이 너도나도 탈북을 시도하고 문제가 되자 아예 라디오도 듣지 못하게 하고 7호 담당제가 생겨 일곱 집마다 한 사람씩 감시관이 붙어 있을 정도입니다.

특히 한국 잘산다는 것이 그냥 소문인 줄만 알았던 북한 주민들이 한국에 응원단으로 갔다 온 북한 응원단원에게 소문이 아니고 실제로 한국이 북한보다 훨씬 더 잘산다더라고 확인한 후부터 탈북이 심각하게 늘어서 응원단장을 포함 응원단 스물두 명이 전부 사형에 처해진 경우도 있어요.

게다가 식량난으로 인해 아이도 함부로 낳지 못하고 여자 아이일 경우는 무조건 나라에서 낙태를 시켜버립니다. 더 이상 먹여 살릴 식량이 없는 거죠. 그 때문에 전쟁을 일으키니 마니 하며 식량을 달라고 한국은 물론 미국 일본까지도 그 영향을 받고 있어서 심각한 문제잖아요.

이런 실정인데 북한에 가셔서 어떻게 하실 거며 간다 하더라도 교주라는 사람이 김정은 국방위원장과 노는 사이라면 더더욱 만날 기회가 없어요. 불가능한 이야기입니다."

"우선 형님 풍산개라는 사람들 중에 최고 책임자를 만나게 해 주세요."

"정 그러시다면 제가 다음 주 안으로 만나도록 성사시키겠습니다."

"형님, 감사합니다."

"아닙니다. 사장님이 하시는 일이라면 최선을 다해 돕겠습니다."

정확히 일주일 후 북한을 넘나들며 풍산개라고 불리는 사람 중에 최고 책임자와 식당에서 만났고 밖에서 셔터를 내린 후 안에서 진지하게 이야기가 오고 갔다.

모든 내용을 전해 들은 풍산개 최고 책임자는 돈이 좀 많이 들어도 괜찮냐고 물어보더니 만약 돈이 많이 들어도 괜찮다면 북한에 작은아버지가 당 간부로 있으니 말단 당원으로 신분 세탁을 해서 보내 줄 테니 3억이 필요하다는 것이었다. 그리고 가기 전에 여기서 북한 여자와 5개월간 동거하며 살림을 하고 북한의 말과 행동 그리고 모든 것을 철저하게 훈련하고 들어가야 한다는 조건이 붙었다.

5개월간의 훈련을 마치면 풍산개 팀원 두 명과 같이 신의주로 들어간 후 다시 북한 쪽 사람에게 인계를 마친 후 나는 신의주로 들어가서 평안북도 정주로 가서 말단 당원으로 살아가는 것이라고 말했다.

나는 그 자리에서 승낙했고 다음 날에 같이 살림할 집을 얻어 북한 여자와 동거를 시작했다. 북한말과 행동 그리고 지리, 역사까지 학교에서 배우는 것보다 더 철저하게 배웠고 북한 남자가 여자에게 프로포즈하는 방법까지 익혔다.

5개월 후. 모든 준비를 마친 나는 풍산개로 불리는 사람 두 명과 단동까지 트럭을 타고 이동한 후 단동에서 한참 동태를 살폈다. 저녁 7시쯤 해가 떨어지자 신의주로 향해서 움직이기 시작했고 강을 헤엄쳐서 가야 한다며 방수복과 오리발, 스노우쿨링을 던져 주었다. 그리고 방수 가방 안에 짐을 넣고 금방이라도 물에 뛰어들 태세였다.

나는 순간 너무 놀라 계획에 없었던 것 아니냐며 이런 것이 있었으면 미리 알려줘야 하는 거 아니냐고 말을 건네자, 풍산개 일원 중 한 명이 원래는 차로 다리를 건너는 것이었으나 검색이 너무 삼엄하다는 연락이 와서 급하게 변경된 것이라며 투덜대지 말라는 식으로 말했다. 또 우리는 지금 극기 훈련을 온 것이 아니고 생과 사의 갈림길에서 왔다 갔다 하는 것이라며 예전에는 이런 장비도 없이 맨 몸으로 건너갔는데 좋은 시절에 가는 것이라고 더 이상 아무 말도 할 수 없게끔 만들었다.

이제 곧 자기들의 아는 사람들이 경비를 서게 될 것이라며 또 다시 근무교대가 되기 전에 강을 건너서 이 지역을 빠져 나가야 한다며 서둘러 물에 들어갔는데 가을인데도 물은 너무나 차가웠다.

강을 거의 다 건너고 육지로 올라오려고 하는데 갑자기 총소리가 들리고 사이렌이 울렸다. 너무 놀라 다들 바닥에 납작하게 엎드렸는데 우리 쪽이 아니라 공교롭게도 반대쪽에서 거의 같은 시간에 탈북을 시도해서 중국으로 가고 있었다. 주위는 상당히 소란스러웠고 총소리는 연속으로 이어져 탕탕하며 울렸다.

그렇게 우리는 조심스럽고 빠르게 강을 건넜고 그 지역을 무사하게 빠져나가 북한 쪽 사람들을 만나는 데 성공했다. 풍산개로 불리는 사람들은 오늘은 위험하다며 하루만 산속에 은거하다가 내일 다시 움직여야 한다고 나를 북한 사람에게 부탁하고 사라졌는데 나중에 알게 된 사실이지만 둘 다 국경을 건너다 발각되어 총에 맞아 죽었다고 한다.

나는 북한 사람들을 따라 정주에 도착했고 당원들이 산다는 당원 아파트에 가니 생각한 것보다는 시설이 좋았고 거리가 의외로 깨끗했다.

나중에 알게 된 것이지만 북한에서 당원들은 최고의 대우를 받고 있었고 최고로 좋은 시설에서 살고 있었다. 그 최고로 좋은 시설이 예전에 한국의 1990년대 초 시민아파트라고 생각하면 정확하다.

처음 내가 맡은 보직은 정미소에서 1차적으로 쌀을 도정하는 일 하는 사람들을 옆에서 지켜보며 요령을 피우지 못하게 감시하는 일이었다.

하루 종일 감시를 하는 일이라 힘들지는 않지만 감시하는 직업이라 사람들과 친해질 수가 없었고 행동강령 중 하나가 일하는 사람들과 말을 하지 말라였기 때문에 나중에 정신적으로 힘들어 자칫 우울증이 올 정도였다. 하루 일과가 감시로 시작해서 감시로 끝나며 도중에 일하는 사람이 잡담을 하면 못하게 해야 하고 작업량이 일정량에 도달하지 못하면 질책을 받았다. 또 월 평균 세 번 이상 작업량이 기준치에 미달하는 일이 발생하면 당사에 가서 사유서를 써야 했고 매달 받는 쌀과 옥수수 배급이 줄었다.

복수가 이렇게 힘들다는 것을 다시 한 번 크게 느꼈고 자유와 권리가 있는 대한민국에서 태어난 것이 얼마나 행복한 일인지 북한 생활을 통해서 알게 되었다.

그나마 공산당 당원이라서 좋은 혜택을 받으며 편하게 사는데도 너무 힘든데 일반 주민은 얼마나 힘들고 괴로울지는 말하지 않아도 알 수 있었다. 게다가 정주와 신의주는 그래도 북한에서도 대도시이며 평양과 가깝기 때문에 좀 사는 곳에 속한다. 아직도 함경북도는 전기가 없는 곳도 있으며 전기가 있어도 일곱 시가 되면 자동으로 전기가 차단되어 촛불을 이용해야 하고 촛불도 아홉 시 이후에는 사용할 수 없다. 불빛이 새어나가면 감시자들이 돌아다니며 불을 끄게 하고 지금은 한국에서는 없어졌지만 옛날 방범대원처럼 돌아다니며 순찰을 돈다. 그리고 아홉 시 이후로는 통행이 금지되어서 마음대로 이동할 수도 없다.

'과연 이래서 복수를 할 수 있기는 있는 것일까?'

다시 한국으로 돌아가고 싶어도 이젠 갈 수도 없다 가려면 목숨 걸고 가야 하고 가다가 죽을 확률도 상당히 높다.

그렇게 가을과 겨울을 보내고 봄이 왔다.

북조선 중앙텔레비전에 행사와 관련한 소개가 나오는데 김정은 국방위원장의 옆에 교주가 서서 환한 웃음을 지으며 박수를 치고 있었다.

그래서 다음 날 같은 부서에서 친해진 선배 당원에게 살며시 물어봤더니 김정은 국방위원장의 최측근이며 당 기획총괄국장이라는 대답을 들었다.

'다카하시. 여기서도 한 자리 하는구나. 그래 조금만 기다려라.'

그렇게 혼자 되새기며 복수의 칼날을 갈았다.

북한 쪽의 연락통에게 전해서 중국에 있는 김 과장 형과 휴대전화로 통화했다.

"접니다."

—네, 사장님. 무사하시죠?

"네, 잘 지내고 있습니다."

—잘 지내고 계시다고 소식은 전해 듣고 있었습니다만, 워낙 다른 곳이라서 적응은 잘 하고 계신지 걱정을 많이 했습니다.

"생활하기가 생각처럼 쉽지는 않지만 그래도 지낼 만은 합니다. 그런데 한 가지 부탁을 해야 할 것 같아요."

—말씀하세요. 사장님.

"드디어 교주의 실체를 알아냈습니다. 아무래도 평양으로 가야지, 이대로 기다리다가는 언제 기회가 올 지 알 수가 없어요. 지위도 지금보다 조금 더 높아야 접근이 용이할 것 같습니다."

—그럼 알아보고 연락을 드리겠습니다. 조금만 기다리세요.

"네, 감사합니다."

그리고 일주일 후에 연락이 왔다.

—여보세요. 사장님.

"네. 알아 보셨나요?"

—네. 평양으로 가서 조달지원국에서 업무를 보는 책임자로 갈 수 있는 방법이 있습니다. 그런데 5억 정도 필요하다고 하네요.

"조달지원국이 무슨 일을 하는 곳이죠?"

—한국으로 말하면 조달청입니다. 군수품을 제외한 모든 물품이 일단 평양으로 왔다가 등급을 매겨서 다시 각 도에 필요한 수량만큼 보내는 곳입니다. 엄청나게 파워가 센 곳입니다. 거기에서 분출을 담당하고 관리하는 총 책임자로 일하는 것이라 아마 지위가 상당할 것입니다.

"그래요? 현재 통장에 얼마나 남아 있죠?"

—4억 남아 있습니다. 하지만 걱정하지 않으셔도 됩니다. 한국에서 동생한테 연락이 왔는데 스탠퍼드 박사님이 미국 보건당국과 알메이츠병 백신과 관련하여 정식으로 계약을 체결해서 미국뿐 아니

라 전 세계에 보급하고 있다고 합니다. 거기서 나오는 돈이 어마어마하다네요.

"스탠퍼드 박사님이 드디어 성공하셨군요. 전에 저에게 하신 말씀이 있어요. 미국 정부와 손잡고 임상실험을 마쳐서 꼭 계약을 성사시키고 백신으로 발생하는 수입의 13%를 향후 70년간 받게 해 주겠다고 했었거든요."

—네. 스탠퍼드 박사님이 살모사의 독과 같은 성분을 개발하셔서 더 이상 뱀을 구하러 다닐 필요가 없게 되었습니다. 천종삼의 성분인 진세노사이드도 자체개발에 성공해서 어렵게 천종삼을 구하러 다닐 필요가 없게 됐다고 하더군요.

"정말요? 스탠퍼드 박사님이 엄청난 업적을 세우셨네요."

—네. 그래서 이번에 노벨의학상을 받으신다고 합니다.

"정말 잘됐네요!"

—사장님, 그러니까 돈 걱정은 하지 마세요. 제 동생이 사장님의 재산을 관리하고 있습니다. 현재 200억 정도 들어와 있다고 하네요. 그러니까 몸조심하시고 꼭 복수에 성공하셔서 돌아오셔야 합니다.

"알겠습니다. 그럼 언제쯤 평양으로 이동하나요?"

—이번 달 말에 인사이동이 있다고 합니다. 한 2주만 기다리시면 됩니다.

"네, 알겠습니다."

2주 후. 나는 평양으로 발령을 받아 이동했으며 조달지원국 본국이라 규모가 상당히 컸으며 물량도 상당했다. 책임자로서 업무를 다 파악하는 데 한 달이 걸렸고 복수를 하러온 것인지 일하러 온 것인지 혼돈이 올 정도로 바쁘게 움직였다.

공산국가에서는 없을 것 같던 로비와 뇌물, 성접대가 오히려 음지에서 더 크게 일어나고 있었으며 나에게도 엄청난 뇌물과 접대가 들어왔다. 하지만 전혀 받아들이지 않았다.하루는 평안북도 지방을 총괄하는 물자수령국의 국장이 직접 여직원을 데리고 내 아파트에 찾아와서 특산품 자연산 송이버섯 6섬과 조그만 가방을 내려놓았다.

“평안북도 출신에 정주에서도 근무하셨다고 들었습니다. 안전한 것이니까 심려 마시고 편안하게 받으십시오.”

나는 집까지 들어와서 이렇게까지 할 줄은 전혀 예상하지 못했으며 내가 거절할 수 없게끔 만들었다. 작은 가방을 열어보니 엔화가 들어 있었는데 약 천만 엔이라는 것이었다.

“이게 뭡니까?”

“진짜 아닌 진짜입니다.”

“진짜 아닌 진짜요?”

“제가 시민혁명대 1기인데 동기생 중에 한 명이 현재 화폐국의 국장으로 있습니다. 요긴하게 쓸 때가 있을 거라며 주길래 받아 놨던 것인데 이렇게 요긴하게 쓰일 줄 누가 알았겠습니까!”

그렇다. 북한은 정부시책으로 나라에서 직접 위조지폐를 만들고 있었고 그 정교함은 일본 정부에서도 감탄할 정도였다. 일본은 북한 때문에 2년에 한 번씩 지폐 안의 홀로그램의 문양을 바꾸고 있었는데 개인이 하는 것이면 잡을 수라도 있지만 나라에서 하는 것이라 잡을 방법도 없었다. 정식으로 중지 요청을 하면 북한은 오히려 자기네를 무시하냐며 사과를 요청하고 어떻게 나라에서 위조지폐를 만들 수가 있냐고 오리발을 내밀면서 매년 천 억 정도의 위조지폐를 유통시키고 있었다.

이것을 어떻게 쓰라고 주냐고 물었다.

"정말 몰라서 하시는 말씀입니까? 관리자급은 2년에 한 번씩 중국을 포함한 쿠바, 베트남 등 5개국 이상 순회하면서 연회를 하지 않습니까. 그때 사용이 가능합니다."

나는 그 사실을 처음 알았고 더 깊게 이야기하면 안 될 것 같아 그냥 받았다.

평안남도 물자수령국 국장은 잘 부탁한다면서 자기네들이 필요한 물량을 적은 종이를 살며시 내밀고는 자리에서 일어났는데 같이 온 직원이 국장에게 인사를 하는 것이 아닌가.

그렇게 국장이 잽싸게 문을 닫고 나가자 여자는 갑자기 윗옷을 벗었는데 가슴이 바로 보였다. 의도적으로 아무것도 입지 않았던 것이다. 왜 그러는 거냐고 묻자 여자는 빙그레 웃으면서 뻔히 알면서 수줍은 총각처럼 왜 그러냐며 치마를 내렸는데 아래쪽에도 속옷을 입지 않아서 그대로 알몸의 나체가 되어버렸다. 그러더니 내게 서서히 다가왔다.

나는 부탁을 들어줄 테니 걱정하지 말고 그냥 나가도 된다고 했지만 여자는 막무가내였다. 여자는 다가와서 내 목을 두 손으로 감싸 안고 적극적으로 움직였다.

나는 오랫동안 혼자 생활했고 여자가 그리울 법도 했지만 그 여자를 완강하게 마다했다. 여자가 오히려 너무 적극적으로 나오니까 의욕도 사라지고 뭔가 당하는 느낌을 강하게 받아서 싫었던 것이다. 남자는 알게 모르게 여자를 정복한다는 느낌을 받을 때 더 흥분하고 또한 여자가 수줍어하거나 살짝 튕길 때 더욱 섹시한 매력을 느낀다.

하지만 이것은 왠지 거꾸로 된 것 같아서 기분이 나지 않았던 것이었고 정말 싫어서 여자를 밀쳐냈다.

"자꾸 그러시면 소리를 지르겠어요."

나는 여자의 의도를 금방 알아차렸다.

북한에서는 남자가 성폭행을 하면 상대가 유부녀일 경우 사형에 처하고 미혼 여성일 경우는 남자의 성기를 자르는 매우 강한 처벌을 하게 되어있다. 여기서 만약 여자가 소리를 지르면 사람들이 올 것이고 아무리 말해도 내 이야기를 믿어 주지 않을 것은 분명하다.

그러면 모든 것이 수포로 돌아간다. 복수는 여기서 막을 내리고 사형 혹은 거세를 당해야 하는데 절대 그렇게 돼서는 안 되고 그럴 수도 없었다.

결국 아무 소리도 하지 못하고 여자가 하자는 대로 가만히 있었다. 그렇게 여자는 나를 침대에 눕히고 위로 올라 와서 몸부림을 치기 시작했고 정말 오랜만에 여자와 하나가 되었다.

여자는 보통이 아니었다. 김정일 국방위원장의 기쁨조 후보들은 5개월간 합숙을 하면서 춤, 노래, 화술, 심지어는 잠자리에서 쓰는 기술, 즉 괄약근을 자유자제로 움직여 남자를 기쁘게 하는 방중술까지 연습한다고 한다.

여자는 얼굴도 예쁘고 몸매도 육감적인 글래머라 김정일 국방위원장의 기쁨조 후보로 발탁되었고 최종선발에서 당당히 1위로 선발되었는데 신분문제로 탈락해서 현재는 이렇게 몸으로 로비를 하는데 쓰이는 여자로 생명을 이어나가고 있다고 했다.

정사가 끝나고 모든 이야기를 들은 후 어떤 신분문제였나 알려줄 수 있겠냐고 물었더니 할아버지가 반동분자로 몰려 1년 이상 감옥살이를 한 경력이 있어서 당에 입회할 수도 없고 신분상승 기회가 와도 번번이 떨어졌다며 한숨을 쉬었다. 하지만 괜찮다며 주섬주섬 옷을 입기 시작했고 아침 일찍 우리 집을 나가면서 즐거웠다며 국장 동지가 부탁한 거나 잘 좀 해달라고 말하고는 사라졌다.

이렇게 폐쇄적이고 자유가 없는 곳에서조차 버젓이 부정부패가 일어나고 있고 이익을 위해서 여자가 쉽게 옷을 벗는다는 것을 알게 되자 한국이나 북한이나, 아니 사람 사는 곳은 다른 것이 하나도 없다는 것을 다시금 깨닫고 살고 싶은 마음이 없어질 정도로 큰 공허함이 밀려왔다.

그렇게 새로운 체험을 하고 난 후에는 다시는 그런 유혹에 넘어가지 않기 위해 절대 외부인사는 만나지도 않았고 오로지 복수의 그

날만을 손곱아 기다리며 열심히 생활했다.

3개월 후. 아무리 기회를 기다려도 오지 않자 경건한 마음으로 육효六爻를 풀어 보았고 그러자 한 달 후에 기회가 온다고 점괘가 나와 가슴이 설레고 흥분되기 시작했다.

그리고 이틀 후, 초급 간부를 포함한 모든 당원들이 김정은 국방위원장 생일 거리 퍼레이드에 참석해야 한다면서 연습에 들어가게 되었다.

한국에서도 뉴스에 북한의 김정일이나 김정은 같은 주요 인물들이 나와서 퍼레이드 하는 모습을 종종 볼 수 있는데 별것 아닌 것 같아도 북한 주민들의 자리부터 복장까지 다 이미 정해져 있으며 한 달 전부터 손을 흔들며 우는 연습까지 철저하게 하고 실제 퍼레이드에 나가는 것이다. 그리고 텔레비전에 비춰지는 주민은 일반 주민은 거의 없으며 당원이나 최하 초급 간부들 정도는 돼야 텔레비전에 나올 수가 있는 것이었다.

그렇게 김정은 국방위원장의 생일 거리 퍼레이드 연습이 시작되자 연락통으로 김 과장의 형님에게 전화했고 성능 좋은 저격용 총 한 자루를 부탁했다.

부탁을 한 지 3일 만에 총을 받았는데 북한에서 만든 것이라고 해서 성능을 믿을 수가 없었지만 총을 건네주는 사람의 말로는 세계에서 제일 좋은 저격용 총은 미국산이나 혹은 독일제 저격용 총이지만 이 총은 김정은 국방위원장이 한국의 대통령을 암살하기 위해 특별히 지시해서 만든 총이기 때문에 그 성능이 미국산과 독일제를 능가한다고 했다. 총을 면밀히 살펴보니 외국 저격용 총과 비교해도 밀도나 그립감이 나쁘지 않았고 조준해보니 느낌이 좋았다.

문제는 얼마나 정확하게 맞는가, 그것이 가장 중요한 것인데 총을 준 사람은 총의 제원과 특징 그리고 상세한 설명이 있는 교본을 한 권 주면서 숙지한 후 꼭 태워버려야 한다며 당부하고 갔다.

제원을 보니 성능이 상당히 좋았는데 무게가 좀 무거운 것이 흠이라면 흠이었다. 저격용 총은 무거우면 기동성이 떨어지고 이동이 용이하지 않기 때문에 좋지 않지만 상대적으로 가벼우면 정확성이 조금 떨어지므로 무게는 아주 중요하다.

이 총은 무게가 7.85킬로그램, 길이가 116센티미터, 최대사거리 1.2킬로미터, 유효사거리 4,200미터였다. 다른 총에 비해서 총열이 길어서 그런지 사거리가 상당히 길었는데 가장 마음에 드는 부분이었고 제거 후 쉽게 도주를 할 수 있도록 만들어진 총이라는 것을 금방 짐작했다.

총을 받은 후 나는 저격할 장소 두 군데를 물색했고 매일저녁 총을 잡고 빈 총으로 격발연습을 하고 또 하고 하고 또 하고 실수를 하지 않도록 혼신을 다했다.

드디어 김정은 국방위원장의 생일이 되어 퍼레이드가 시작되었고 평양 시가지를 오픈카를 타고 한 바퀴 돌고 김일성 동상을 두 바퀴 돈 후에 김일성과 김정일 시신이 안치되어 있는 만수대 입구에 내려서 걸어 올라가는 것이 순서였다.

이때 나는 만수대에서 가장 가까운 조국 선열들을 모셔 놓았다는 조선인민공화국 관혼대의 옥상에서 교주를 저격할 계획이었다. 그날은 전부 다 퍼레이드에 참석하기 때문에 관혼대를 지키는 인원은 정문을 지키는 위병근무자 두세 명이 전부인 것을 미리 알고 그쪽으로 정했고 3층 건물이고 건물 바로 뒤가 산과 연결되어 있어 빠져 나오는 것도 어렵지 않았다. 관혼대 뒤 산 능선에는 처음 북한에 왔을 때 정주로 나를 데려다 준 사람들이 대기하고 있었으며 저격 후 그들과 합류해서 산 밑에 대기하고 있는 트럭을 타고 두 시간가량 가면 증산이 나오는데 거기서 고속단정을 타고 대련으로 갈 계획이었다.

김정은 국방위원장은 오픈카를 타고 서서 손을 흔들며 평양 중심을 돌고 있었고 나는 오토바이를 타고 관혼대 뒤쪽으로 가서 땅에 묻어둔 총 케이스를 가지고 건물로 몰래 들어가 옥상에 저격용 총 거치대를 설치하고 기다리고 있었다.

날은 화창한데 바람이 평소보다 다소 거칠었다.

장비를 점검한 후 거치대에 거치되어 있는 총을 어깨와 뺨에 갖다 대고 렌즈 뚜껑을 열었다. 총 왼쪽에는 직사각형으로 되어있는 조그만 휴대전화 액정 크기의 모니터가 있었는데 모니터에는 풍향과 현재 온도와 날씨 그리고 거리가 측정되며 구름의 움직임도 다 잡아내고 있었다.

만수대 입구에 김정은 국방위원장을 마중 나와 있는 사람 중 한 사람을 정조준하고 오른쪽의 파란 버튼을 누르자 렌즈가 줌이 되면서 바로 앞에 사람이 있는 것처럼 확대되었고 상당히 선명했다.

순간 소름이 돋았고 나도 모르게 혼자 중얼거렸다.

"이 총으로 안 맞을래야 안 맞을 수가 없겠구나."

그러던 참에 드디어 만수대 입구에 김정은 국방위원장이 도착했고 차에서 내리자 검은 차량 여섯 대에서 경호원과 간부들이 줄줄이 내리기 시작했다.

김정은 국방위원장은 마중 나와 있는 최고위급 간부들과 악수하고 만수대 위로 올라가고 있었는데 바로 왼쪽에 교주가 같이 걷고 있었다.

이 순간을 얼마나 기다리고 있었는지 모른다.

나도 모르게 심장 박동이 점점 빨라지기 시작해서 눈을 감고 심호흡을 한번 했다.

"기회는 단 한번이다. 더 이상의 기회는 없다."

마음을 가다듬고 눈을 떴다.

나는 정조준을 하고 방아쇠를 살며시 조금씩 나누어 당기기 시작했으며 김정은 국방위원장은 이제 만수대 안으로 들어가려고 계단 앞까지 왔다.

열 번에 걸쳐 방아쇠를 미세하게 나누어 당긴 나는 마지막에 호흡을 멈추고 끝까지 당겨 격발했다.

그런데 이게 웬일인가!

바닥에 쓰러진 사람은 교주가 아닌 김정은 국방위원장이었다.

격발하는 순간 교주의 양복에 달려 있는 배지가 떨어져 줍기 위해 허리를 굽혔고 그때 총알이 김정은 국방위원장의 관자놀이를 정확히 관통해서 그 자리에 주저앉은 것이다.

순간 만수대는 아수라장이 되었고 간부들과 경호원들이 김정은 국방위원장을 에워싸기 시작했으며 곧바로 둘러업은 후 만수대 안으로 이동했는데 교주는 그새 어디론가 사라져 보이지 않았다.

나는 어쩔 수없이 관혼대에서 내려와 뒷산으로 이동해서 거기서 대기 중이던 두 사람과 만나 산 능선을 타고 그 일대를 빠른 걸음으로 벗어났다.

산 밑으로 가니 트럭이 기다리고 있었고 내가 올라타자 빠르게 출발했으며 결과가 어떻게 됐냐고 물어서 실패했는데 김정은 국방위원장이 맞았다고 하자 트럭을 몰던 사람이 갑자기 차를 정지시켰다.

지금 이렇게 나를 돕는 것도 발각되면 이 자체로도 사형인데 김정은 국방위원장을 암살한 자를 돕는 것은 사돈에 팔촌까지 교수형에 처하며 3대를 극형에 처한다. 아무리 돈이 좋다지만 사람의 마음이 흔들리지 않을 수 없다.

운전자는 팀장에게 잠깐 할 말이 있다며 운전석에서 내려 팀장을 트럭 뒤로 데리고 갔다. 불길한 예감이 들었지만 가만히 기다리고 있을 수밖에 없었다.

"팀장 동무, 일이 너무 커졌습니다. 여기서 그만 손을 떼는 게 좋지 않겠습니까? 이러다 우리는 물론이고 가족까지 다 죽습니다. 전 애 아빠가 된 지 아직 100일도 채 안됐는데 죽고 싶지 않습니다"

팀장은 알겠다며 일단 차에 타라고 했고 운전자가 뒤돌아 차에 올라타려고 하자 그를 소음기 달린 총으로 쏴버리고 또 다른 한 사람에게 말했다.

"너도 지금 확실히 결정해라. 여기서 그만 내리겠나 아니면 계속 가겠나?"

그는 약간 떨리는 목소리도 가겠다고 대답했다.

"좋아. 네가 운전해라."

나 때문에 눈앞에서 한 사람이 죽어나갔다.

그렇게 살벌한 분위기로 한 사십분 정도 가자 검문소가 보였다.

운전자가 말했다.

"이상하다. 여기는 검문소가 없는 곳인데."

그렇다. 김정은 국방위원장이 총에 맞자 온 북한 전 지역이 비상이 걸려버렸고 평양 지역의 검문이 강화되었던 것이다.

"여기서 차를 놓고 걸어서 가야지. 차로는 안 되겠소."

세 사람은 차를 놓고 걸어서 가기 시작했고 강줄기와 산으로 움직이다 보니 시간이 상당히 많이 걸렸다.

팀장은 증산에서 기다리고 있는 팀들에게 연락해서 이쪽 상황이 좋지 않아서 도보로 가야 한다고 알린 후 빨리 가자고 걸음을 더욱 재촉했다.

그렇게 물만 먹고 열두 시간을 걸었는데 주로 산으로 이동을 하니까 너무나 힘이 들었다. 그러자 팀장이 농가로 내려가 빈집을 확인하고 먹을 것을 훔쳐 먹고 다시 걷기 시작했는데 한 시간가량 가자 건너 산에서 북괴군이 수색정찰을 펴고 있었다. 농가에서 먹을 것을 훔쳐 먹고 있는 것을 주민이 알고 신고했는데 나와 팀원은 그것을 모르고 있었던 것이다.

그리고 저녁 아홉 시가 되자 통행이 금지되어 거리에는 사람이 다닐 수 없기 때문에 산으로 이동할 것이라 판단하고 군 병력을 투입시켜서 산이라는 산은 죄다 수색하고 있었다.

팀장은 증산에서 기다리고 있는 사람에게 전화를 했고 군 병력이 투입돼서 오늘밤은 산에서 자고 아침 일찍 이동하겠다고 연락했다. 그리고 나서 조그만 모종삽으로 세 사람이 들어가 잘 수 있는 비트를 파고 겉에는 식초를 뿌리고 담배 한 가치를 터서 뿌린 후 안으로 들어가 위를 잘 덮었다. 식초는 개가 싫어하기 때문에 수색견이 왔다가도 그냥 지나치게 하게끔 뿌린 것이고 담배는 뱀이 접근하지 못하게 하기 위해서였다.

워낙 산과 친근한 나였지만 좁은 땅속에서 자는 것은 그다지 편하지 못했고 많은 생각을 하게 됐다. 복수도 실패했고 이대로 북한을 무사하게 빠져 나갈 수 있을지도 알 수 없는 일이었다. 점점 희망은 없어지고 몸은 고단했다.

하지만 전혀 내색은 하지 않았다. 내 옆에 사람들은 나를 위해 목숨을 걸고 이 고생을 하는데 정작 당사자가 그런 마음을 먹는다면 저 사람들은 얼마나 힘이 빠지겠는가!

그냥 눈을 감고 잠을 청하며 운명에 맡기는 수밖에 별다른 방법이 없었다.

그때 뭔가 이상한 소리가 들리기 시작했고 헉헉대는 수색견의 소리가 점점 가까워졌으며 정찰병들의 목소리가 들렸다.

"넌 저쪽으로 가라. 빠짐없이 샅샅이 뒤져라!"

"네, 알겠습니다."

그리고 더욱 수색견의 숨소리가 가깝게 들렸고 나와 일행은 숨을 죽이며 지나가기를 기다렸는데 수색견이 이쪽으로 오려고 하자 정찰병이 "왜 이러냐. 안 돼! 그쪽은 낭떠러지야." 하며 낑낑대는 개를 끌고 다른 쪽으로 가버렸다. 등줄기에는 한 방울의 땀이 주르륵 흘러내렸고 침이 꼴깍 넘어가는 소리가 선명하게 들릴 정도로 정막이 흘렀다.

그렇게 아침이 왔다.

다들 좁은 땅속에서 잠을 자서 그런지 피로가 얼굴에 가득했고 겨우 단 하루인데도 극심한 긴장감과 스트레스로 광대뼈가 튀어나와 몰골이 말이 아니었다.

그렇게 증산으로 갈 준비를 마친 후 팀장이 지도를 보더니 나에게 한 시간만 가면 되니까 힘을 내라고 했는데 연락이 왔다.

김정은 국방위원장이 사망해서 장례를 치르기 위해 분주해지고 비상령도 폐지되어 검문검색이 수월해졌으니 신속히 부두로 이동하라는 것이다.

그래서 나와 팀원은 달리다시피 이동해서 40분 만에 증산의 부두에 도착했으며 대기하고 있던 풍산개 책임자와 만나 고속단정에 몸을 실었고 북한 쪽 팀원은 철수했다.

짧은 시간이지만 그래도 생사生死를 같이 해서 그런지 철수하는 북한팀원을 보내는데 눈시울이 젖어들었다. 서로 아무 말도 없었지만 손을 흔들며 무사하게 가라는 그런 표정과 눈빛이어서 돌아오는 발길이 무거웠다. 정말 감사했고 절대 잊지 못할 일이었다.

고속난정은 엄청난 속도로 출발해서 두 시간 만에 대련에 도착했고 차로 갈아타서 드디어 내 식당에 들어섰다.

텔레비전에는 김정은 국방위원장의 사망소식이 연이어 보도되고 있었고 북한의 애도의 물결은 잠시였을 뿐 차후 세력에 누가 올라올 것인가가 가장 중요한 관심사였는데 그것은 북한뿐 아니라 전 세계가 다 집중하고 있는 중요한 관건이었다.

김정은 국방위원장이 사망하자 한국은 잠시나마 흥분의 도가니였고 축제 분위기였다. 하지만 그것도 잠시. 혹시 전쟁이 일어나는 것은 아닌지, 아니면 새로운 지도자가 강경파라서 큰 마찰을 불러일으키는 것은 아닌지, 축제의 분위기에서 염려의 물결로 이어지기 시작했다. 나라는 어수선했으며 연일 텔레비전에는 관련 전문가들이 나와서 앞으로의 전망에 이야기했는데 서로 의견이 엇갈려 국민들은 더욱 초초해하고 있었다.

차기 북한의 지도자는 생각지도 않았던 서홍찬 인민무력부 제2부장이었다. 그는 기갑사단을 들이밀고 탱크와 특수 경보병부대 1개 대대를 만수대와 조선인민 국방위원국을 점령하여 역사의 새로운 한 페이지를 장식했다.

서홍찬 인민무력부 제2부장은 상장이다. 우리나라로 말하면 별이 세 개인 중장인데 자기 위에 서열의 선배들도 많은데 쿠데타를 일으켜서 보위에 오른 것이다. 그는 스스로 국방위원장으로 승격되어 쿠바와 베트남, 중국 등 각국의 귀빈들을 초청해 취임식을 거행했고 공교롭게도 한국의 대통령도 초청이 됐는데 불참했다.

이후 서홍찬 국방위원장은 한국의 대통령에게 양자회담을 요청했고 한국에서 하자고 제의가 와서 회담이 거행되었는데 서홍찬 국방위원장은 직선적으로 남북통일을 제안했다. 북한을 5년 동안 특별행정자치구로 선정해서 한국 안에 북한을 두고 서서히 흡수통일을 하자는 이야기였는데 한국 측은 북측에서 왜 저런 제안을 하는지 그 속셈이 정말 궁금했지만 따로 속셈은 없었고 붕괴되거나 아니면 전쟁으로 서로 죽을 바에는 같이 살길을 찾는 상생相生의 길로 가자는 것이었다. 그는 북한의 수위를 넘는 도발과 테러에 참다못한 미국이 김정은 암살 프로젝트까지 세우고 있는 실정이었다는 것을 잘 알고 있었고 김정은 전 국방위원장도 미국에서 제거한 것으로 판단하고 있었다.

서홍찬 국방위원장은 죽으면 그 어떤 것도 아무 소용이 없다는 것을 잘 알고 있었고 머리가 비상한 사람이어서 먼저 위와 같은 예상치 못한 제안을 한 것인데 단 한 가지 조건이 있었다. 다음 대선에 본인을 대선후보 기호 2번으로 무조건 올려달라는 것이었다.

이 제안을 받아들여 북한은 행정구역상 특별행정자치구로 변경되었고 북한 주민의 일자리 창출과 주거지 확보를 위해 '새 출발 하나로' 라는 프로젝트를 만들었다. 북한 사람과 한국 사람이 결혼하면 정부에서 아파트를 제공하고 사업자금을 무담보 무보증으로 20년 상환대출하도록 하는 정책이었다. 이렇게 남북이 하나가 되는 작업을 빠르게 진행했다.

이러한 것들이 큰 성공을 거두었고 한국은 북한의 많은 천연자연을 이용하여 엄청난 수확을 이루어 냈고, 인구 또한 9천만 명이 넘어서 곧 1억 명을 넘어서기 직전이었으며 세계 3위의 경제대국을 실현하였다. 뿐만 아니라 군사력과 전투력도 미국을 제외한 명실공히 세계 최고로 자리를 잡아 일본과 중국도 한국의 눈치를 보게 되었다. 특히 일본은 꼬리를 밑으로 깊숙이 내리고 동맹을 하자며 왜곡된 역사 교과서를 다시 원래대로 바꾸고 독도는 일본 땅이 아니고 대마도도 한국 땅이라며 그 자료와 함께 한국으로 전부 반환했다.

내가 복수를 하려고 저격한 것이 김정은 국방위원장이 잘못 맞아 통일의 물꼬가 트인 것이고 이로 인해 한국이 강한 군사력과 경제력을 갖춘 세계 최고의 강대국이 된 것인데 우연의 일치가 아니었다.

김정은 국방위원장의 사주는 금金 기운이 아주 강한 신강身强 사주이다.

옛말에 넘치면 부족한 것만 못하다는 말이 있고 너무 강하면 부러진다는 말이 있다. 너무 강한 사주인데 신금辛金 대운을 만나고 본인의 일주에 충冲이 와서 귀천한 것이다. 즉 죽었다는 말이다. 다시 말하면 그렇지 않아도 강한 금金 기운을 타고 났는데 대운大運에서 또 금金 기운을 만나고 거기에 충冲이 와서 충돌하니 넘어가지 않을 수 없는 것이었다.

그렇게 김일성, 김정일, 김정은 3대에 걸쳐 세습으로 공산국가를 이어온 북한의 독재정치는 막을 내렸다.

이렇게 통일이 되자 많은 변화가 시작되었고 새로운 시대가 열려 한국은 신한국을 건설하게 되었다.

이때 나는 식당을 풍산개 팀장에게 물려주고 모든 것을 정리하여 일본에 있는 유미 씨에게 가기로 결정했다.

그리고 나는 새삼 또 신비로운 사실을 알게 되었다. 북한에서 트럭을 타고 탈출할 때 운전을 하던 그 팀원이 김정은 국방위원장을 암살한 암살자를 돕는 것은 못하겠다며 그만하자고 했었는데 그 팀원이 말띠생, 즉 오午였다. 나는 소띠생丑 축인데 축과 오는 원진怨嗔이다. 원진은 서로 상극相剋이라 함께 하기 힘들고 사업을 하면 서로 간에 문제가 발생해서 오래 지속하지 못하며 남녀는 헤어지는 경우가 많다.

이런 것만 봐도 역학은 절대적 학문이며 미래를 볼 수 있는 유일한 학문이라는 것을 다시금 상기하게 되었고 참으로 신기하다는 마음을 금치 못했다.

나는 역학의 대단함을 다시 한 번 깊이 느꼈고 앞으로도 중대한 일은 반드시 육효六爻로 미리 풀어보고 움직일 것이라고 다짐했다.

그렇게 중국에서 생활했던 것을 정리하고 한국에 있는 김 과장에게 연락하여 김 과장 형님에게 10억을 송금하라고 지시한 후 김 과장에게도 10억을 주며 앞으로의 자산관리도 계속 부탁했다. 비록 복수를 하지 못해 억울했지만 너무나 많은 소중한 경험을 했고 또 한국이 통일되는 역사적인 일을 이루어 냈기에 더 뜻 깊게 여기고 다시 일상생활로 돌아가기로 마음을 먹었다. 나는 많이 지쳐있었다.

모든 것을 정리하고 일본으로 돌아간 나는 유미 씨와 상의해서 도쿄 신오오쿠보新大久保로 집을 옮겨 한인타운에 크게 냉면전문점을 열었고 유미 씨는 계속해서 변호사로 활동하며 한동안 무탈하게 잘 지내는 듯했다.

그러던 어느 날, 유미 씨가 안색이 많이 안 좋아서 어디가 아픈지 물어보았다. 그녀는 아프지는 않다고 하면서도 뭔가 말을 하려다 말고 무슨 이야기를 꺼내려고 하다가 다시 주저했다. 나는 뭐든지 괜찮으니까 이야기를 해보라고 말문을 열게 했는데 다름 아닌 감옥에 있는 도쿠가와 교주에게 연락이 왔다는 것이다.

현재 다카하시 교주가 러시아에 있는데 주러 일본 대사가 곧 열흘간 휴가를 받을 것이고 이 기간에 그를 납치해서 제거하고 똑같이 성형한 후 일본 대사로 행세할 예정이며 남은 임기 5개월을 마치면 일본으로 돌아와서 정계에 입문할 계획을 하고 있다는 것이었다.

나는 이 말을 듣자 피가 거꾸로 솟구치는 기분이었고 다시 복수의 욕망이 일기 시작했다.

도쿠가와 교주는 다카하시 교주가 일본으로 돌아오면 반드시 유미 씨에게 연락이 올 것이니 제거하라는 지시를 내렸다고 했다.

나는 유미 씨에게 도쿠가와 교주와 계속 연락을 취하라고 했고 다카하시 교주가 일본으로 오면 다시 복수를 하려고 굳게 마음을 먹었다.

5개월 후. 다카하시 교주는 러시아에 있는 일본 대사를 제거하고 그로 행세하며 일본에 돌아왔고 국회의원으로 출마해서 연일 선거 유세를 하느라 정신없이 바쁜 날들을 보내고 있었다.

도쿄 신주쿠 알타비전 앞에서 선거유세가 있다는 정보를 입수한 나는 권총 한 자루를 허리춤에 차고 알타비전을 향해 걸어갔다.

선거유세는 한참 진행 중이었고 유세가 끝나자 다카하시 교주는 무대에서 내려와 주변에 지지자들과 한 명씩 악수를 나누기 시작했다. 무리 중에 있던 나는 맨 앞으로 가서 악수를 기다리는 사람처럼 서 있었고 차례가 와서 웃으며 반갑게 손을 내미는 다카하시 교주에 명궁(눈썹과 눈썹 사이)에 총을 갖다 대고 방아쇠를 당겼다.

순간 쓰러지던 다카하시 교주는 나의 얼굴을 바라보았고 검지로 나를 가리키며 "너는… 너는!" 하고 외쳤다.

주위는 아수라장이 되었고 경찰차가 와서 나를 연행해 갔다.

경찰서에 붙잡혀간 나는 묵비권을 행사했는데 텔레비전 뉴스를 보던 유미 씨가 급하게 신주쿠 경찰서로 달려왔다. 경찰서에서는 신분을 확인했지만 아직 가족도 면회가 안 된다고 하자 가족이 아닌 변호인으로 왔다면서 안으로 들어갔다.

경찰에게 20분만 시간을 달라고 한 유미 씨는 나를 보자 눈물을 흘렸고 그런 유미 씨를 보고 있던 나는 이렇게 말할 수밖에 없었다.

"당신에게 미안하다는 말밖에 할 말이 없소."

"미안하다는 말 하지 마세요. 사랑하는 사람끼리는 미안하다는 말하는 거 아니래요. 그냥 마음 편하게 먹고 계세요. 어떻게든 해볼게요."

"고마워, 여보."

그렇게 20분이 지나고 나는 다시 들어갔다.

유미 씨는 나를 정식으로 변호하기 위해 바쁘게 움직였으며 합동결혼식을 올린 자민련 총재와 방위성 제1차관급 간부 야마모토도 찾아갔다. 이대로 두면 나는 종신형인 무기징역 또는 법정 최고형인 사형을 받게 된다. 일본은 자국민 보호 차원에서 외국인이 일본인을 살해하면 종신형 또는 사형을 구형하게끔 법으로 정해놨고 그래서 그런지 외국인의 의한 자국민 살인사건은 거의 드물다.

유미 씨는 처음에 부탁을 하러 갔는데 반응이 별로 좋지 않자 그들이 다카하시 교주와 결탁하여 중장거리 미사일을 해체한 부품을 북한에 보낸 것과 사형 집행을 하지 않고 중국으로 빼돌린 것을 기자들을 모아 폭로하겠다고 협박했다.

두 사람이 그런 것을 누가 믿겠냐며 비웃자 유미 씨는 관련 동영상도 있고 죽은 다카하시 교주의 지문을 대조해서 야마다山田 대사가 아니라는 것을 확실히 만천하에 밝히겠다고 강력하게 밀어붙였다. 그러자 자민련 총재와 방위성 제1차관은 얼굴이 노랗게 질려 원하는 것이 뭐냐고 물었다.

"종신형만은 면하게 해 주세요."

"정말 그것뿐이오?"

"죽어 마땅한 사람을 죽이긴 했으나 생명은 소중한 것이니 죗값을 안 받을 수는 없는 것 아니겠어요!"

"알겠소."

"꼭 부탁드립니다."

그렇게 나는 사형을 언도받아야 할 것을 가까스로 모면하고 징역 23년형을 받아서 사이타마埼玉 형무소에서 수감생활을 시작했는데 유미 씨는 이런 나를 버리지 않고 끝까지 수발했다.

"여보. 당신이 자주 면회를 오니까 나는 좋은데 당신이 힘들까봐 걱정이 돼."

"아니에요. 힘들지 않아요. 도쿄에서 여기까지 한 시간도 걸리지 않는데 뭐가 힘들겠어요."

"그래도 너무 자주 오지 마. 자기가 자주 오면 내가 당신이 더 그리워져서 힘들어."

"치, 거짓말! 나 힘들까 봐 못 오게 하려고 하는 거 누가 모를 줄 알아요!"

"정말이야, 벌써 2년이 지났는데도 매주 한 번도 거르지 않고 오면 됐지, 이제 충분해."

"그렇지 않아도 다음 달은 중요한 재판의 변호를 맡아서 아마 못 올 수도 있어요. 아 참, 김 과장님의 형이 한국에 오셨는데 김 과장님과 같이 다음 달에 일본에 당신 면회 오신다고 하니까 그때 같이 올게요."

"당신이 김 과장에게 말 좀 전해 줘. 물론 면회 오면 내가 다시 이야기하겠지만 미국에 있는 태산이 행방을 좀 알아보라고 해. 현재 갖고 있는 전 재산을 다 써도 좋으니까 확실하게 알아보라고 하고 부족하면 앞으로 들어오는 수입 전부를 써도 좋다고 해. 나에게 돈이 무슨 소용이 있겠어."

"알겠어요, 꼭 전할게요."

그렇게 다방면으로 태산이를 찾아보았지만 결국에는 찾지 못했고 어느덧 20년이라는 세월이 흘렀다.

20년 후.

"여보. 춥지는 않으세요?"

"난 괜찮아. 당신이야말로 매번 히로시마広島까지 이렇게 오면 어떡해."

그랬다. 나는 사이타마埼玉에서 시즈오까静岡 그리고 오사카大阪, 히로시마広島로 세 번이나 형무소를 옮겼는데 유미 씨는 항상 거르지 않고 20년이나 면회를 왔다.

기다리지 말고 이혼신청을 하고 재혼하라고 몇 번이나 말했지만 유미 씨는 듣지 않고 곁에 남아 나를 돌보는 데 지극정성으로 최선을 다했다.

"조금만 참아요. 이번에 총리대신總理大臣이 바뀌어서 모범수 중에 특사로 감면혜택을 준다고 하는데 거기에 당신이 포함됐어요. 곧 나올 수 있어요."

"정말이야? 3년 남았구나 했는데. 이제 곧 나가는구나! 세상이 많이 바뀌었겠지? 20년이 지났으니."

"생각처럼 세상이 많이 바뀐 것은 없어요. 이제 당신 나이 53세인데 무슨 걱정이세요. 지금 평균수명이 108세니까 아직 반도 못 살았어요, 당신은."

"그런가? 아무튼 막상 나간다니 실감이 나지 않네."

"참, 당신에게 좋은 소식이 있는데 말하는 것을 잊을 뻔했네요."

"무슨 좋은 소식이 또 있어?"

"한국의 김 과장님에게 연락이 왔었어요. 미국의 스탠퍼드 박사님이란 분에게 전화가 왔는데 분명치는 않지만 태산이일 것 같은 느낌이 강하게 드는 학생이 현재 박사님이 석좌교수로 계시는 스탠포드대학에서 공부를 하고 있다는 거예요."

"그게 정말이야? 그래, 반드시 찾을 줄 알았어. 꼭 찾아야만 해. 하루도 내 머릿속에 태산이를 잊은 적이 없어. 태산이를 찾으면 보여주려고 회고록도 썼어. 왜 우리가 이렇게 떨어져야 했는지 알려주고 싶었거든."

"회고록도 썼어요?"

"응. 그동안 안에 있으면서 모든 것을 일기 형식으로 회고록을 작성했지. 태산이에게 모든 것을 이야기하는 것보다 글로 읽으면서 본인이 느낄 수 있게끔 하고 싶었어. 단순한 변명이 아니라는 것을 이해시키기 위해서는 그게 좋은 방법이 아닐까 해서. 김 과장과 다시 연락을 취해보고 나에게 알려줘."

"알겠어요. 그렇지 않아도 이번 주 안으로 연락을 다시 준다고 했으니까 연락이 오면 바로 알려 드릴게요."

"다른 데 어디 불편한 것은 없어요?"

"불편한 거 없어. 벌써 20년인데 적응이 되고도 남았지."

"그래도 어디 아픈 데는 없나 걱정이 돼서요."

"내 걱정하지 마. 아픈 데도 없고 잘 지내고 있어."

"그래요. 그럼, 마음 편하게 먹고 있어요. 곧 좋은 소식 가지고 다시 올게요."

"그래, 알았어."

에필로그

20일 후.

아버지는 일본의 새 총리대신이 취임하면서 특사로 3년 일찍 출소했다.

"여보. 건강하게 아무 탈 없이 나오게 된 것 축하해요. 고생 많았죠?"

"고마워. 당신이 고생 많았지!"

아버지는 히로시마 형무소에서 나와 쨍쨍한 햇빛을 보며 다시금 세상에 나온 것에 대한 감사함은 이루 말할 수 없다고 하셨다.

"당신이 20년을 한결같이 내 옆에서 나를 지켜주고 돌보아 줬으니 이제부터는 내가 당신 곁에서 당신을 평생 지키리다."

"고마워요, 여보."

두 사람은 히로시마 형무소 앞에서 부둥켜안고 눈물을 흘리며 기쁨을 만끽했다.

그때 저만치에서 두 사람을 유심히 지켜보고 있었던 사람이 있었다. 죽은 다카하시 교주가 손가락을 자르라고 하면 그 자리에서 손가락도 자르고 죽으라면 목숨도 내놓는 심복 야마구치 긴타로山口金太郎였다. 야마구찌 긴타로는 다카하시 교주를 죽인 아버지를 가만두지 않겠다고 20년을 기다리고 있던 무서운 사람이었다.

아버지는 아무것도 모른 채 이제 남은 인생을 공기 좋은 시골로 내려가 평범하게 텃밭을 가꾸며 농작물이나 재배하고 어려운 환경에 있는 사람을 위한 봉사활동을 하며 남은 인생을 살아가려고 했다. 하지만 엄청난 사고事故가 올 것을 역학으로 이미 알고 있으셨을 텐데 왜 그냥 그렇게 받아들이셨는지 아직도 이해할 수가 없다.

아버지는 도쿄에서 한 시간 거리의 이또伊藤에 다시 집을 얻어 상황버섯 재배를 하기 위해 준비하셨고 집 뒤에는 고추, 상추, 토마토까지 직접 재배해서 먹을 수 있게 텃밭을 꾸미셨다.

그리고 시즈오까겡静岡県 지방자치단체와 이또 시伊藤市와 손을 잡고 태산장학단체를 만들어 우수하지만 형편이 어려운 학생들을 위해 장학금을 전달했고 아주 우수한 학생은 도쿄로 유학을 보내주기도 했으며 모든 비용은 전부 태산장학재단에서 맡아서 처리했다. 또한 독거노인을 돕는 일도 병행하며 하루를 바쁘고 보람차게 움직이셨다.

보름달이 뜬 어느 날 저녁.

유미 씨가 준 음료수 한 잔을 마시고 아버지는 자리에서 쓰러지고 말았다.

아침에 되어 최면에서 깬 유미 씨는 싸늘한 시체가 되어 있는 아버지를 보고 대성통곡을 하며 울기 시작했다.

그렇다. 유미 씨가 아버지를 기다리며 저녁식사를 준비하고 있는데 한 통의 메시지가 왔다. 그 메시지가 열리자마자 동영상이 재생되었고 동영상에는 야마구치 긴타로가 나와서 유미 씨에게 최면을 걸어버린 것이다.

—유미 씨. 지금 밖에 나가 우편함에 보면 유미라고 쓰여 있는 편지봉투가 있을 것이오. 당신 남편이 집에 오면 바로 그 봉투 안에 있는 약을 음료수에 타서 주면 됩니다. 그러고 나면 유미 씨의 임무는 끝나는 것이니 꼭 실행하시오. 마야카라 마라쿠. 마야카라 마라쿠.

그래서 유미 씨는 전갈의 독보다 독성이 20배나 강한 독약을 음료수에 타서 아버지가 퇴근하고 집에 들어오자 바로 건네주었고 아버지는 그렇게 허무하게 인생을 마감해야만 했던 것이다.

아버지는 역학에 조예가 깊어서 아마도 본인의 앞을 미리 예견하셨을 것인데도 자기의 앞날을 훤히 내다보고도 도망을 가지 않은 정도전처럼 아버지도 피하지 않았던 것일 지도 모른다.

유미 씨는 아침이 되어서야 자기가 무슨 짓을 했는지 알게 되었고 아버지의 시신을 일주일이나 방에 두고 가지 말라고 울었다. 그러다가 갑자기 뭔가를 적더니 아버지가 쓴 회고록에 붙여 놓고 김과장에게 전화를 했다.

"안녕하세요, 김 과장님."

—네, 사모님. 별일 없으시죠?

"아니요. 많은 일이 있었어요. 하지만 이제 다 끝났어요. 제가 영일 씨의 회고록을 보내드릴게요. 꼭 좀 아드님에게 전해 주세요."

—대체 무슨 일인데요?

"지금은 뭐라고 할 말이 없어요. 나중에 다 알게 되실 겁니다. 그동안 여러모로 감사했습니다."

전화를 끊고 유미 씨는 본인도 수면제를 먹고 아버지 옆에서 아버지의 손을 꼭 잡고 영원히 잠들어 버렸다.

* * *

그렇게 사흘 후.

—딩동.

"누구세요?"

—국제우편이 왔습니다.

"네, 잠시만요."

김 과장은 잠시 후 문을 열었다.

"일본에서 왔습니다. 여기 사인 좀 해 주세요."

"네, 뭐가 이렇게 무겁지!"

김 과장은 안에 들어가서 내용물을 뜯어 보았고 소파에 앉아서 회고록을 읽기 시작했다.

회고록에는 아버지가 태어나서 죽기 전날까지 살아온 모든 일이 기록되어 있었으며 유미 씨가 최면에 걸려 아버지를 죽이고 본인도 수면제를 먹고 아버지를 따라간 것을 첨부해 놓았는데 그야말로 한 편의 드라마 같은 이야기였다.

세상에 이런 일이 있을 수 있을까!

김 과장은 일본으로 바로 출발했고 이또伊藤에 도착해서 집안에 들어가 보니 아버지와 유미 씨가 나란히 침대에 누워 잠들어 있었다.

김 과장은 한국 대사관에 연락해서 모든 경위를 이야기한 후 일본 경시청의 도움을 받아 시신을 청양으로 가지고 갔으며 장례를 치르고 회장을 하여 청양산에 아버지가 처음 작은 절벽에서 떨어져 소를 만난 곳에 뿌렸다.

* * *

이때만 해도 스탠퍼드 박사의 짐작이었지, 확실하게 밝혀진 게 아무것도 없었기 때문에 태산이는 장례식에 참석하지 못했다.

김 과장은 스탠퍼드 박사와 계속 연락을 취했고 스탠퍼드 박사님은 태산이에게 조심스럽게 다가와 접촉을 시도하고 있었다. 태산이는 스탠포드대학에서 생명유전자공학 석사과정을 공부하고 있었고 캘리포니아에 있는 미국 최대 목장인 비버젠카우 목장의 아들이었다.

"저기, 타미 리."

"네, 교수님."

"잠깐 이야기 좀 하고 싶은데 시간 좀 있나?"

"그럼요, 교수님."

"그럼 교수실로 가지."

"그러시죠."

교수는 모든 것을 다 이야기하고 태산이의 반응을 지켜보았는데 친아버지에 대해서 이야기할 때는 상당히 진지하고 감정이 떨리는 듯했다. 너무나 소설 같은 이야기에 정신이 어리둥절해서 할 말을 잃은 태산이는 많이 힘들어했다.

친부親父가 살아 있는 것도 아니고 결국은 부모가 다 죽어 없는 것인데 그 스토리를 안다고 한들 가슴만 아플 뿐이지 그 어떠한 도움도 되지 못했다.

며칠 후 스탠퍼드 박사는 김 과장과 통화를 했고 이 아이가 태산이가 맞는 것 같고 모든 것을 다 이야기해 주었다고 전했다.

"박사님, 그럼 제가 미국으로 가서 태산이를 한번 만나 보겠습니다."

"왜 만나려고 하지요?"

"사장님이 태산이에게 주라고 한 물건이 있어요. 형무소 안에서 회고록을 쓰셨더라고요. 나중에 태산이 찾으면 꼭 보여준다고 하시면서…."

"그래요. 그럼 내가 약속을 잡을 테니까, 언제 오실 건가요?"

"당장 내일이라도 비행기표가 있는지 알아보고 있으면 출발하겠습니다."

다음 날 김 과장은 샌프란시스코 공항에 내려 마중 나온 스탠퍼드 박사의 차에 타고 스탠포드대학으로 향했고 도착 후 박사님의 교수실로 들어갔다.

그러자 5분 정도 후에 태산이로 보이는 건장하고 잘생긴 청년이 노크를 하고 들어 왔는데 젊었을 때 사장님이 들어오는 듯한 느낌이라 너무 놀랐다. 한눈에 태산이라는 것을 알 수 있었다.

* * *

그렇게 나는 김 과장이라는 분과 악수를 하고 차를 마시며 이야기를 나누었고 아버지가 쓴 회고록이란 것을 전해 받았다.

김 과장님은 회고록에 모든 것이 다 쓰여 있지만 자기가 아는 데까지는 말해주고 싶다며 열심히 이야기를 했고 한국으로 돌아갔다.

나는 아버지에 대한 기억이 없어 단지 소설을 보는 듯한 느낌이었고 너무 파란만장한 삶이라 때로는 안타깝기도 했다.

하지만 나는 이 회고록을 그냥 가슴에 묻어 두고 싶다. 아니 차라리 보지 않았으면 좋았을 것을….

너무나 혼란스럽고 가슴이 아프다. 나를 낳아 준 부모가 가엽고 불쌍하지만 크게 가슴에 와 닿는 것은 아니라 더욱 화가 난다.

그리고 내가 남부럽지 않게 살아와서 그런지 이 행복을 그대로 누리며 아무것도 생각하고 싶지 않았다. 나는 아무렇지 않게 예전의 나로 돌아갈 것이다.

그렇다. 회고록에는 믿지 못 할 말투성이었다.

그중에서 가장 믿기 힘들었던 것은 나의 어머니에 대한 이야기였다.

어머니에게는 한국에 오기 전에 다카하시 교주와의 사이에서 마리라는 딸이 하나 있었다고 한다. 교주가 사형을 선고받자 시립고아원에 맡겨졌다는 마리도 알메이츠병을 앓고 있었고 고아원에 간 후로는 그녀의 행적을 아는 사람이 아무도 없다고 하는데 바로 이 아이가 나와 결혼할 여자친구 다카하시 마리高橋真理다.

마리는 고아원에서 고등학교까지 다니고 난 후 사회에 나와 낮에는 직장을 다니고 밤에는 야간대학을 다녀 학위를 취득하고 미국으로 유학 와서 스탠포드대학에서 생명유전자공학 석사과정에 있었다. 자신이 알메이츠병을 앓고 있어서 생명유전자공학에 관심을 가지게 된 것이며 알메이츠병의 백신을 개발한 유전자공학의 권위자인 스탠퍼드 박사님께 배우기 위해 미국에 온 것이었다.

나도 마찬가지다. 유전으로 어릴 때부터 알메이츠병을 앓고 있던 나는 유전자공학에 관심을 갖게 되었고 내 병을 내 손으로 스스로 치료하고 싶어서 생명유전자공학을 공부하게 되었는데 자신의 이름을 딴 알메이츠병을 치료하는 백신인 스탠퍼드 백신의 개발자 스탠퍼드 박사님께 배우기 위해 스탠포드대학을 선택한 것이다.

마리는 같은 학부에서 만났고 우리 둘은 서로 똑같은 입장이라는 것을 알고 급격하게 사이가 가까워졌으며 서로 사랑하는 사이가 되어 결혼까지 하기로 했다.

그런 그녀가 나의 누나라니…!

나의 여자친구가, 나와 어머니가 같은 나의 누나이자 나의 아버지가 누나의 아버지를 죽인 원수라니, 이런 말도 안 되는 일이 현실에서 벌어졌다는 것이 참으로 이해할 수 없었고 믿고 싶지 않았다.

하지만 나는 개의치 않을 것이고 예전 일로 인하여 나의 행복이 달아나기를 원치 않는다.

* * *

태산이는 청양산, 아버지가 처음 소를 만나 곳에서 회고록에 불을 붙였다.

회고록은 그렇게 활활 타고 있었고 거의 다 타 들어갈 때쯤 하늘에서 한 방울씩 비가 내리기 시작했다.

태산이는 한 줌 재가 되어있는 회고록을 물끄러미 바라보다 산을 내려가고 있었다.

마치며

사람은 위로 올라가려는 본능이 있습니다. 또 반면에 그 자리에 안주하며 만족하는 습성도 있지요.

하지만 올라가려 해도 힘이 부족해서 못 올라갈 수도 있고 열심히 올라갔는데 잘못 올라가서 그 자리에 주저앉는 수도 있는 것이 인생입니다.

그렇다면 열심히 하는 것이 중요할까요, 아니면 제대로 하는 것이 중요할까요?

제가 가끔 하는 말 중에 '관악산에 가야 하는데 열심히 남산에 가면 되겠느냐'는 것이 있습니다.

당연히 안 되죠! 이렇듯 열심히 하는 것도 중요하지만 제대로 맞게 해야 하는 것이 정말 중요합니다.

하지만 인생에서 어떤 것이 맞는 것인지 알 수 없습니다. 인생에는 답이 없으니까요. 그러나 자기가 가야 할 길은 반드시 정해져 있습니다.

저도 이 사실을 우연찮게 알게 되어 요즘은 '내가 가야 할 길'을 곰곰이 되짚어보고 있습니다.

저는 본래 역술인이 아닌 무술인이며 운명론자도 아닙니다. 그러나 제가 하는 것이 음양陰陽의 기운氣運과 오행五行의 조화를 강조하는 무술이다 보니 도대체 음양이 무엇이고 오행은 무슨 뜻일까 하고 그 뿌리를 찾다가 역학을 접하게 된 후 이제야 인생의 길道을 조금 알게 되었습니다.

그리고 제가 알게 된 이러한 것을 많은 사람들에게도 알리자는 취지에서 글을 쓰기 시작했습니다.

이 소설은 2014년 중앙장편문학상에 출품했던 작품입니다. 출간을 결심하고부터 책이 나오기까지 물심양면으로 도와주신 지인들께 진심으로 감사드리며 책이 나오는 데 최일선에서 많은 도움을 주신 (주)북랩에 고마움을 전합니다.

마지막으로 독자 분들이 이 책을 읽으며 인생에서 본인에게 맞는 길을 잘 깨닫고 후회 없는 삶을 영위하기 바라며 글을 마칩니다. 감사합니다.